講談社文庫

光をえがく人

一色さゆり

講談社

目次

光をえがく人

ハングルを追って

1

今年の桜も見納めと思い、淀《よど》川の河口付近を散歩していると、遊歩道沿いに設置されたベンチに、一冊のノートが置いてあることに気がついた。

ハングル？

黒い合皮のコーティングが部分的に剝《は》がれた、B5で厚み一センチほどの古いハードカバーだ。表紙中央に貼《は》られた黄ばんだシールには、韓国語が油性ペンで記されている。わたしはベンチの脇に立って、そのノートを手に取った。

ページをめくると、同じく手書きのハングルが、規則正しく並んでいた。一部は数字である。インクは部分的に色褪《あ》せて滲《にじ》んでいるが、どれも整然とした筆跡だった。

折り目や文字の訂正など、使い込まれた形跡もある。きっと持ち主は、このノートを大切にしていたのだろう。

でも、なぜこんなところに？

わたしは周囲を見回す。誰もこちらに意識を払っていないようだ。ノートをもとの位置に戻し、ベンチに腰を下ろす。雲行きがあやしいので、濡れてだめになってしまうのではと心配になり、その場に置いて去ることができない。

ぽつりと音がした。

ノートのうえに、小さな丸い水滴がついていた。

見上げると、天気予報の通り白鼠《しろねず》色の雲に覆《おお》われていて、まるで急《せ》かすように雨粒が落ちてくる。意を決し、わたしはノートを鞄《かばん》にそっとしまった。誰の持ち物か分からないものを勝手に自分の鞄にしまうなんて、生まれてはじめてだった。

わたし、久崎江里子《くさきえりこ》は大阪市内の美術大学で、事務職をしている。一般的な会社の事務職と変わらない仕事内容だが、美大出身者ではないわたしにとっては、新鮮な驚きの多い職場だった。たとえば入試ではデッサンなどの実技が審査されるが、公開されたものはどれも上手すぎて違いが分からない。そして校内のあちこちに放置された「作品」の多くは、わたしには廃棄物にしか見えない。

翌日の昼休みに、わたしは拾ったノートを、油画科の助手である海《うみ》ちゃんこと早瀬《はやせ》海子《うみこ》に見せることにした。仕事上の接点はほとんどないが、彼女とは気の置けない仲だった。海ちゃんは箸《はし》を置いて、ほぼ食べ終わった日替わり定食のトレイを脇に寄せたあと、物珍しそうにページをめくった。

「住所録やん！　すごーい、久しぶりに見た」

「やっぱり。こういうの使ってる人って、韓国にはまだいるんかな」

「知らんけど、今どきスマホのアプリなんちゃう？」

「そうやんな」

わたしもアプリのアドレス帳を使っている。でも数回のタップで登録できるので、かつて着信を一度受けただけの、無用になった連絡先も雑多に保存されている。それに対して、この丁寧に手書きされた連絡先は、博物館に保管されるべき貴重な資料のように思えた。

「せやけど、エリちゃん、なんでこんなん持ってんの？」

わたしは海ちゃんに経緯を説明する。

淀川河口を散歩中に拾ったが、ひとまず交番に届けたものの、誰もハングルを読めないので、単に「黒いノート」として、落とし物情報のデータベースに登録するしかできない、と言われた。それならいったん持ち帰り、知り合いで唯一ハングルが読める海ちゃんに、持ち主の情報を確認してもらおうと思った、と。

「エリちゃんのそういうとこ、ほんま好きやわ」

海ちゃんは笑ったあと、アドレス帳の表紙に貼られたシールを指して、Jからはじまる韓国名を教えてくれた。それが持ち主の名前らしい。

「なるほど。Jさん自身の住所か電話番号って、どっかに書いてへんかな？　それさえ分かれば届けてあげられるんやけど」

わたしは言って、海ちゃんにも見えるように、最初と最後のページを交互に開いてみる。

「うーん、書かれてへんみたいやな。しかも全部、韓国の住所やわ」

「そっか」とわたしは肩を落とす。

アドレス帳に書き入れられたハングルを見ながら、わたしは持ち主であるJと、それぞれの住所で暮らす人々のことを想像した。彼らはJとどんな関係なのだろう。頻繁に連絡を取り合っていたのか、それとも——。

授業時間の始まりを告げるチャイムが鳴り響いた。

「そろそろ行かないと」

海ちゃんはトレイを片手に席を立った。

「相談乗ってくれて、ありがとう」

わたしがトートバッグにアドレス帳を仕舞う様子を見ながら、海ちゃんは「ええねん」とほほ笑み、食堂に入って来た学生に向かって空いた手を挙げた。知り合いの子たちらしく「ちゃんと作品つくりやー」と声をかけている。新入生を迎えたゴールデンウィーク前の今、美大は年間で一番賑わっていて、これから少しずつ閑散としていくのが常だった。

海ちゃんと親しくなったのは、わたしたちが働きはじめた頃に行なわれた、同じ美大で働いているさまざまな立場の若手スタッフを集めた飲み会だった。夕方から花見をはじめて、二次会で駅前の居酒屋に移動し、三次会でカラオケ店に入った頃には、ほとんどが解散して、四、五人しかいなくなっていた。そのうちの一人が海ちゃんだった。

――久崎さんって、見かけによらずタフやんな。

――そう言う早瀬さんこそ、かなりのお酒好きやろ。

カラオケ店で海ちゃんが入れる曲はどれもわたしの好みだった。単に同世代のためだけではなく、たとえ知らない曲でも心に響いてまた聞きたくなった。いつのまにか歌うこともそっちのけでおしゃべりし、別れ際には近いうちに二人きりで飲む約束を交わしていた。

海ちゃんは一見、周囲のことを気にしていなそうで、じつは人や物をよく観察している人だった。ツッコミを入れるときも、思いもしなかったような斬新《ざんしん》な切り口でわたしを感心させた。そのことを伝えると、海ちゃんは「絵描きって観察すること、人と違う視点を持つことが仕事やから」と当然のように答えていた。

わたしたちはアクセルとブレーキのようにお互いを必要とするようになった。海ちゃんが飛ばし過ぎるとわたしが止め、わたしが躊躇《ちゅうちょ》していると海ちゃんが背中を押してくれる。また海ちゃんは「美術をやってたらさ、まわりに美術好きしかおらんくなるから、エリちゃんみたいな友だちって貴重やねんな」と言った。逆にわたしにとっては、芸術家と親しくなるのははじめてで、日常のできごとが少し変わって見えることが増えた。

そんな海ちゃんだからこそ、淀川河口で拾ったノートを見せたのだった。

一週間後、海ちゃんから、うちに来て飲まないかと誘われた。

仕事後に大学の正門で待ち合わせると、海ちゃんはゴージャスな刺繍《ししゅう》が施されたスプリングコートを羽織って現れた。「めっちゃラグジュアリーやな」と褒《ほ》めると、海ちゃんは「せやろ。格闘家のガウンみたいで気に入ってんねん」と自慢げに笑った。海ちゃんが一人暮らしをしているアパートは、美大の最寄り駅から地下鉄で十分ほどの下町にあった。学生時代はもっとせまいところに住んでいたらしいが、助手になったあと制作場と職場を分けるために、今のアパートに越してきたという。駅前の商店街には多国籍な食材を扱う店があり、わたしたちはそこで買い出しをしてからアパートに向かった。

「久しぶりに海ちゃんの作品見られるの楽しみやわ」

「そんなん言われたら、緊張するやん」

「嘘や。個展のときやってあんなに堂々としてたくせに」

「バレた？」

屈託なく笑う彼女は、どんな風に世界が見えているのだろう。

わたしが彼女の作品を最初に目にしたのは、たまに個展をするという大阪市中央区の小さなギャラリーだった。

入り口からぎりぎり運び込めるくらいの、二メートル近く高さのあるカンヴァスが、壁画のように白い空間の四方を覆《おお》っていた。わたしの第一印象は「まぶしい！」だった。何枚もの巨大なカンヴァスを、女の人、家具、犬などのモチーフがにぎやかに埋め尽くす様子は、宝石箱をひっくり返したようにキラキラしていた。その感想を伝えると、明るい色合いだけでなく、隅々まで筆を走らせた細緻《さいち》な描写のおかげで、そう見えるのだと教えてくれた。またサイズが大きいので、見る側も世界に入りやすく、対峙《たいじ》すると海ちゃんの脳内に迷い込んだ気分になるのだという。

大きい絵を描くためには、当然、広いスペースが必要になるに違いない。海ちゃんの部屋は古いが広々とした２ＤＫだった。二間つづきのスペースは襖がとり払われ、制作場として活用されていた。絵具で汚れないように床に張られたビニールシートの上は、小さなちゃぶ台やソファベッド以外、描くためのさまざまな道具や材料で埋め尽くされていた。

「やっぱり輝いてるね」

わたしは興奮しながら、制作途中の作品を一枚ずつ見せてもらう。それらはギャラリーで見たときのように、隅々まで仕上げられた状態ではなく、カンヴァスの地が残された部分や描き直し途中の部分もあった。その分、試行錯誤をリアルに感じることができ目が離せなくなる。

「この絵はいつから描いてるん？」

「昨日からやで」

「ほぼ一晩でこんなに？　信じられへん」

「あたし、天才やから」

海ちゃんは冗談めかして言ったあと、「ほな」とわたしを玄関入ってすぐのキッチンに案内した。

「エリちゃん、嫌いな食べものある？」

「なんでも食べるよ」

キッチンの棚には、ハングルのパッケージの調味料や、海苔《のり》をはじめとした韓国食材が、ぎっしりと並んでいた。

「やっぱり韓国のものがいっぱいあるね」

「実家で食べるのは、ほとんど韓国料理やったから」

海ちゃんはそう言うと、コンビニの袋から缶ビールを出して、手際よくおつまみをつくりはじめた。彼女の父方の祖父母は韓国から日本に移り住んできたという。つまり一族は、いわゆる「在日コリアン」だった。

わたしは制作スペースに、改めて視線をやる。海ちゃんの絵には、韓国を連想させるモチーフはひとつもない。自身のルーツに関わるものに囲まれて描いているのに、絵に登場させないのには、なにか理由があるのだろうか。気になったが、失礼かもしれないし、絵を描くことについて自分はなにも知らないので、口には出さなかった。

「海ちゃんって、韓国語は家で憶えたん？」

代わりに、わたしはそう訊ねる。

「ううん、家でも普通に日本語をしゃべってるで。両親も日本生まれ日本育ちやし。コリアンタウンとされる地域で育ったわけでもないし、小中高も普通の公立に通ってたし。弟はほとんど話せへんよ。あたしも成長してから韓流ドラマが好きで憶えたのと、祖父母から習った記憶が少し残ってるくらいやから」

「おじいちゃんとおばあちゃんは、日本語しゃべれたん？」

「うん、二人ともバイリンガルやで。祖父母のあいだで話すときは、いつも韓国語やったけどね。でも不思議なもので、どんなに早口なおばあちゃんの話も、だいたいどんな内容かって、聞いてる方は分かるもんでさ。あ、今、お母さんの悪口言ってんな、とか」

海ちゃんはなつかしそうに笑い、おつまみの皿と缶ビールをテーブルに置いて席についた。

　そして家族の思い出話を、つい昨日体験したことのように臨場感たっぷりに面白おかしく聞かせてくれた。わたしはときおり相槌《あいづち》を打ったり、ツッコミを入れたりしながら、その話に耳を傾けた。海ちゃんの両親は、家業である不動産屋を継いでいることもあって、大きな家にみんなで同居していたという。祖母は気前がよく、息子夫婦にも好きなだけお金を使わせてくれたけれど、当然その分好きなだけ口も挟むので、しょっちゅう嫁姑《よめしゅうとめ》問題が勃発《ぼっぱつ》していたという。そんな妻と嫁の攻防を、祖父は静かに見守っていた。おじいちゃんは二人と対照的に寡黙《かもく》というか、あんまり考えてることをしゃべらん人やったな、と海ちゃんはしめくくったあと、手をひとつ叩いた。

「うわ、今めっちゃいいこと思いついた！」

「どうしたん、急に」

「韓国に行ってみぃひん？」

「どうして」

「エリちゃんが拾ったあのアドレス帳、まだ持ってるやろ？」

「持ってるけど」

「あのアドレス帳をいったいどんな人が使ってたんか、エリちゃんも気にならへん？

思い切ってアドレス帳に書かれた住所を訪ねてみたら、Ｊさんがどこにいるのかも分かるかもしれへんよ」

想像もしなかったことを提案され、面食らう。

「持ち主に返すってこと？」

せやなぁ、と呟いて彼女は宙を見た。

「というより、作品にするねん。ソフィ・カルって知ってる？　ソフィ・カル」

わたしは首を左右にふる。

「美大で働いてるなら、知っとかなあかんで」

「誰なん、それ」

「道で偶然拾ったアドレス帳から作品をつくった、フランス人の女性アーティスト。そこに書かれた番号に電話して、持ち主本人には会わずして、持ち主の人物像を探っていくっていう作品を、たしか八〇年代に発表しはってん。それと同じことを、ハングルのアドレス帳を拾った今のスマホ世代のうちらがやる。なんやっけ、オマージュってやつ？」

「待ってよ、海ちゃん！　拾ったアドレス帳から持ち主を探すことが、なんで美術作品になるわけ？　しかも以前に同じことした人がいるなら、パクリにならへんの？

素人《しろうと》にはついていけへんわ」

わたしが頭を抱えると、海ちゃんはにやりと笑った。

「大丈夫、あたしもうまく説明できひんけど、それがアートってやつやねん。とにかく、ゴールデンウィークの予定は空けといてや。それまでにあたしも、現地の人とちゃんと会話できるように韓国語の勉強もしとくし」

「そう言われても、パスポートも持ってへんし」

「旅行嫌いなん？」

「そういうわけちゃうけど、海外ってなんか怖いやん」

「いつの時代の人やねん。パスポートなんてすぐとれるし、申請しに行こ」

まだこちらが了承しないうちから、海ちゃんは絶対に行くと意気込んでいる。最初はその勢いに押されていたが、一緒に韓国旅行の情報サイトや動画を見ていると、いつのまにか抵抗感もなくなった。

2

日付はあっというまに、ゴールデンウィークに突入した。関西空港は家族連れや若い人たちのグループで混雑し、浮足立ったムードが漂っていた。その空気のなかにいるといよいよ旅に出るのだ、という高揚感が高まる。わたしたちは出国手続きを済ませたあと、出発ロビー内にあるショップで、日本らしいお土産をいくつか買った。

「日本流ご挨拶の必需品やん？　韓国では知らんけど」

「どうなんやろね」と相槌を打ちながら、わたしは通天閣《つうてんかく》を模したチョコレート菓子の箱を手にとる。

そのあと、カフェで旅の計画を復習した。

「あれから、いろいろ調べたんやけど――」

海ちゃんはそう言って、資料を出した。

韓国の住所表記は、つい最近、欧米式の「道路名住所」に改変されたという。それ以前は長いあいだ、日本式の「地番住所」が採用されていた。一九一〇年代に、韓国併合にともない整備されたからだ。それを機に、日本でいう「県」「市」「区」「町」と同じように、「町」「洞」「通」「路」といった呼称が使われ、日本風の地名も増えた。最近の改変に伴い、新しい観光用のガイドブックには「道路名住所」が採用されていたが、Jのアドレス帳に並ぶのは、改変される前の「地番住所」ばかりだった。

「今まで考えたこともなかったけど、地名っておもろいな。そういう歴史をたどることができて」

海ちゃんはアドレス帳のコピーをめくりながら言った。

もちろん原本もプラスチックのケースに入れて旅行鞄に忍ばせてある。訪問先で事情を説明するときに、実物を見せる必要があるかもしれないからだ。改めて確認してやはり無謀な計画に思えたが、海ちゃんは本気だった。スマホでグーグルマップを立ち上げ、星印をつけたところを指す。

「確認やけど、今日はこの住所を訪ねるってことでいいやんな？」

「せやね」

ソウルには、漢江《ハンガン》という大きな川が流れ、その北側は江北《カンブク》、南側は江南《カンナム》として地理的に区別される。すべての住所を回る時間はないので、海ちゃんがあらかじめソウル市内の住所に絞って、五つほど選んでいた。最初の住所は、江北にある団地だった。

「ちゃんと話聞けるかな」

「大丈夫やろ、そのために韓国語も猛特訓してきたし」と海ちゃんが胸を張って言う。

わたしは肯《うなず》き、本屋で買った『はじめての韓国語』を手に取る。

「アニョハセヨ《こんにちは》。チョヌン《わたしは》、クサキエリコ、イムニダ《です》」

くり返しぶつぶつと憶えたフレーズを呟《つぶや》く。カフェでは、同じくソウル行きの便を待つ人もいるのだろう、韓国語の声も遠くから響いてくる。

「海ちゃん、これってどういう意味――」

分からない単語を質問しようとすると、海ちゃんはなにかにじっと見入っていた。ゲートの脇に備え付けられた大型モニターに、ニュース番組が映し出されていた。報道されているのは、日韓関係の悪化についてだ。

スタジオ内のコメンテーターが熱っぽく意見を交わしたあと、ソウル市内での反日デモの様子が流れた。やがて街頭インタビューに切り替わる。音声が小さくて、内容はよく聞きとれないが、とにかく韓国の人たちが怒っていることは伝わった。

「ああいうのを見て、海ちゃんはどう思うん？」

「仲良くしてよとは思うよね、もちろん」

海ちゃんはおおげさに欠伸《あくび》をしながら、達観したように言った。

離陸後、あっけないほどすぐに到着した仁川《インチョン》空港は、内装も利用客の見た目も、予想していたよりずっと日本と変わりはなかった。異国だと教えてくれる貴重なヒントは、日本とは違う香りと、やはり看板や標識のハングルだった。

アルファベットであれば、意味は分からなくてもなんとなく発音できるが、ハングルは多少勉強してきたとはいえ、読み方すら不明だ。見慣れた風景に感じるのに、まったく通じない言語であふれていることがちぐはぐで、徐々に奇妙な夢でも見ているような心地になった。

ソウル旅行者のユーチューブで予習した通り、コンビニで公共交通機関用のプリペイド式カードを購入し、バスターミナルの列に並んだ。外に出ると、大阪よりも微妙に肌寒かったが、湿度はほぼ変わらない。

乗り込んだリムジンバスは、電源もＷｉ－Ｆｉも完備されていたので、さっそく地図のアプリで位置情報を確認する。すると窓際に座った海ちゃんは、外にスマホのカメラを向けていた。こういう風景も、いつか海ちゃんの絵に吸収されるのかな。わたしは邪魔しないように、その様子を見守る。

「なんか、日本の田舎《いなか》の高速道路を走ってるみたいちゃう？　遠くに山があって、工場が点在してて。めっちゃ似てる。あ、でも韓国の国旗！」

通り過ぎていくその旗を、海ちゃんは撮影する。

「撮った写真は、絵に使うん？」

わたしが訊ねると、海ちゃんは首を左右にふった。

「ううん、あたしは絵を描くとき、写真はほとんど見いひんと、自分の記憶のなかに降りていくタイプやねん。そこからイメージを抽出するというか。やから逆に言ったら、いくら身近にあるものでも、それが自分の記憶の引き出しにちゃんと仕舞われて、自分のものになるかどうかは、あたし自身にもよく分からんねん」

なるほど、とわたしは相槌《あいづち》を打つ。

「ほな、なんで写真に撮るねんって思ったやろ？　それはよく見るきっかけを摑《つか》むためやねん。ほんまに絵って、観察することからはじまるから。むしろあたしは、絵を描くようになって、それまで気にも留めなかった些細《ささい》な物事も目につくようになったと思う。今ではそれをちゃんと自分の目で見極めるために、絵を描いてるようなもんかもね」

海ちゃんはそう言うと、スマホをしまい、「なーんて、ちょっと小難しいことを言ってみたりして」と、にやりと笑った。そして空港のコンビニで買い漁《あさ》った、ネットでおすすめされていた韓国限定のお菓子の袋を開ける。これ美味《おい》しいで、ほんまや、日本のあれに似てるな、などと感想と袋を交換しながら、わたしは訊ねる。

「そういえば、ソフィ・カルさんの作品、ネットで見たで」

「どうやった？」

「うーん、せやなぁ」

お茶を濁《にご》したのは、わたしにはやっぱり、アドレス帳に書かれた住所を訪ねたり、持ち主の人物像を追ったりすることが、どうして「アート」になるのかという疑問があるからだ。平凡な自分には消化できそうにない。

ソフィ・カルははじめて海を見る人々の表情を記録した作品や、先天的な視覚障がい者に美のイメージとはなにかを問う作品などで知られるようだった。写真と言葉でつづられたそれらの作品群は、「見る側の想像に託すような余白が残され、美しく詩的な作風」と評されていた。

でもわたしはどうしても、芸術とは絵や彫刻をつくるものだというイメージが強い。固定観念に囚《とら》われているのだろうか。ましてやアドレス帳の住所を訪ね歩くという行為が、なぜ作品制作につながるのか。ソフィ・カルは最終的にアドレス帳の持ち主から、プライバシーの侵害だと訴えられそうになったらしい。法を犯すようなことをしても「アート」なら許されるのだろうか。

わたしは口には出さなかったが、海ちゃんはわたしのそんな腑に落ちない感じを、空気でなんとなく察したらしい。

「まぁ、そのうち分かるって。あたしもうまく言葉にできひんっていうか、そもそもこの旅がほんまに作品になるんか、ぶっちゃけ自信があるわけじゃないねん。でもあのアドレス帳にピンと来た感覚を信じたい」

そう言って、海ちゃんはスナック菓子を頬張《ほおば》った。

海ちゃんが予約してくれたホテルは、明洞《ミョンドン》にあった。明洞はソウル有数の繁華街といわれる、いわばソウルのヘソだという。交通の便もよく、リムジンバスの発着駅もあった。

バスから降りると、平日にもかかわらず、まっすぐ歩けないほどの人混みだった。頭上には色とりどりの看板がカーテンのように並んでいる。明洞商店街の入り口には、「明洞へようこそ!」という日本語の大きな横断幕もかかっていた。関西空港のテレビで見た報道が、まるで嘘のような文言だ。しばらく歩くと、中国語で「歓迎来到明洞!」とあった。つまりお金を落としてくれる観光客なら、誰でも歓迎ということらしい。

目抜き通りにある店は、スターバックスやロッテリア、H&MやABCマートなど、日本でもよく見かける名前ばかりだった。今の時代、世界中どの都市で暮らしても、食べるもの、身に着けるものに大差はないのかもしれない。

わたしたちは空調の効きすぎたホテルに荷物を預け、最初の住所に向かった。

「ところで、なんで海ちゃんは、最初にこの住所を選んだん？」

地下鉄に乗りながら、わたしは訊ねた。昼過ぎにもかかわらず、ソウル駅も近い中心地であるせいか、地下鉄はほぼ満員だった。これから向かう住所は、明洞から十五分ほどの駅にあるのだ。

「その住所にあるんって、一九七〇年代に建てられた古いアパートみたいやねん。アパートっていうより、団地かな？　それなら、同じ人がずっと住んでいる可能性も高いかなと思ってさ。ひょっとすると、Ｊさんがこの住所を記録したのは、今から何十年も前かもしれへんやろ？　建て替えや取り壊しの可能性がないところから訪ねてみる方が、絶対に効率的かなって」

地下鉄の出口を出て、鉄道の踏切の手前で左折すると、五階建ての巨大な古いアパートが現れた。たしかに海ちゃんが言った通り、アパートというより、古くて寂《さび》れた雰囲気があるので、団地と呼んだ方がふさわしいだろう。建設ラッシュに沸くソウル市内で、珍しくレトロな観光スポットでもあるらしい。

道路沿いにそそり立つ外壁には、市松《いちまつ》模様のように窓や室外機が並んでいる。建物に沿って敷地内に入っていくと中庭があり、おそらく居住者の子どもが残した三輪車が転がっていた。見上げると、内側の渡り廊下には洗濯ひもが渡され、ドア付近に観葉植物が置かれるなど、生活感が漂う。

わたしは幼少の頃に住んでいた団地の風景を思い出した。その団地も古くて、子ども用の小さな公園があった。日本の団地はどこも似たような構造らしいが、海ちゃんいわく韓国の団地も、日本人が設計したものが多いという。はじめて訪れる国なのに、時代や国境を越えて、自身の古い記憶と結びつくことが興味深かった。

団地は高台に位置しており、中庭を過ぎて、道路とは反対側にある公園に出ると、ゆったりと流れる漢江が一望できた。川幅は広く、岸辺では人々が行き交う。

「なんとなく似てるかも。淀川に」とわたしは呟く。

「言われてみれば、そうかもしれんね」

「偶然かな」

中庭から戻ると、海ちゃんは部分的にひび割れた階段をのぼり、二階のドアの前で立ち止まった。そしてアドレス帳のコピーを仕舞い、代わりにケースから本物のアドレス帳を出して、深呼吸をひとつする。インターホンを押すと、返事があった。

「アニョハセヨ」

海ちゃんは韓国語で挨拶《あいさつ》をしたあと、お伺いしたいことがあるという旨《むね》を、事前に二人で決めていた通りに伝えてくれる。ドアの向こうから顔を出したのは、おそらくわたしたちと同世代の、髪をひとつに束ねた女の子だった。彼女は海ちゃんとわたしを見比べると、韓国語でなにかを言った。

女の子は化粧っ気がなく、この日はずっと家にいたのかもしれない。足が長くて、Tシャツにデニム地の短パンというラフな格好がよく似合う。彼女はしばらく警戒した表情で海ちゃんの韓国語に耳を傾けていた。海ちゃんがお土産を渡そうとしても受け取らない。ただし「ネ、ネ」と相槌を打ちながら、話は聞いてくれた。

二人のやりとりが分からないわたしは、玄関の様子についい目を引かれる。玄関はさまざまなサイズの靴で溢れ返っていた。少なくとも一人暮らしではなさそうで、なかには年季の入った男性用の革靴もある。

「それで、このアドレス帳に書かれているキムさんという方は、こちらにまだお住まいでしょうか」

海ちゃんはおそらくそう訊ねて、彼女にアドレス帳の原本のページを示した。すると彼女はふたたび「ネ《はい》」と答えたあと、怪訝《けげん》そうに眉《まゆ》をひそめて、韓国語でなにかを海ちゃんに訊ねた。こちらの目的を改めて確認したのだろう。

当然、日本人の若い女二人がアドレス帳を拾っただけで、わざわざ海を渡って訪ねて来たら、誰だって警戒する。同じことを日本でやっても、あやしまれるだろう。相手が外国人なら尚更だ。でも海ちゃんの人当たりのよさとコミュニケーション能力の高さのおかげで、女の子の表情も少しだけやわらぎ、不信感が解けていくのが伝わった。

「おじいさんのキムさん本人は今、出かけてるんやって」

海ちゃんは日本語で、わたしにそう報告した。

「残念やね……でもここにまだ住んでるってことなんや」

「そうやねん。やから、余計に残念やわ」

落胆する海ちゃんの様子を見かねたらしく、女の子は韓国語でなにかを提案した。海ちゃんは「カムサハムニダ《ありがとうございました》」と言って、メモ帳になにかをハングルで書き、そのページを破って彼女に手渡した。

「キムさんが戻って来たら、うちらのことを報告してくれるんやって。もしキムさんがJさんのことを憶えてたら、あたしのスマホに連絡してくれるらしいわ」

海ちゃんに言われて、わたしは「カムサハムニダ！」と頭を下げる。

彼女は「ケンチャナヨ《だいじょうぶです》」となかば苦笑しながら、ドアを閉めた。

3

わたしたちはキムさんの家をあとにして、地下鉄に乗って明洞方面に戻った。ふたつ目の住所は、明洞からほど近い、市場が集まる東大門《トンデムン》エリアの外れにあった。海ちゃんにどうしてそこを選んだのかと訊ねると、「前から来てみたかってん。話を聞いたあと、ご飯も食べられるし」と彼女は答えた。

日は沈みかけ、空は赤く燃えていた。御堂筋《みどうすじ》の何倍も広い大通りを越えて、二人は裏路地に曲がった。しばらく歩くと、観光客は少なくなった。昔ながらの下町といった風情《ふぜい》で、すれ違う人たちはみんな、この辺《あた》りに住んでいそうだ。

「ここらしいで」

海ちゃんは立ち止まって、目の前の建物を見つめた。

家庭的な食堂だった。椅子とテーブルが道にはみ出すように置かれている。

「アドレス帳には、店の名前とか書いてあった？」

「ううん、なにも。ひょっとすると、ここにある人はもう住んでへんのかも……でも念のために、お店の人に訊いてみよか」

エプロン姿の恰幅のいい女性が、こちらを不審そうに見ていた。自分の母親ほどの世代かなと思っていると、目が合う。海ちゃんは意を決したように入っていった。店内では二人の中年男性が、円卓を囲んでいた。海ちゃんが韓国語で、エプロン姿の女性に話しかけると、男性二人はしゃべるのをやめて、海ちゃんの方をわざわざふり返って見た。

——あたしの韓国語って、ネイティブからしたらおかしいらしいねん。

この旅行をする前、海ちゃんが言ったことを改めて思い出す。

——どういうこと？

——韓国人がいない地域で育ったって言ったやん？　やから付け焼き刃というか、カリフォルニアロールというか、日本風にアレンジされた韓国語やねん。そもそも朝鮮学校で教えてる韓国語も、ほんまはネイティブの話すものとは全然ちゃうらしい。

——カリフォルニアロールって美味しいけど。

——あたしも好きやけど、邪道やって認めへん寿司職人も多いやん。

きっと二人組の中年男性は、海ちゃんの不自然な韓国語に反応したのだろう。海ちゃんがエプロン姿の女性に話す内容を、怪訝そうに盗み聞きしている。途中二人組は顔を見合わせ、なにやら韓国語でささやき、笑い合っていた。その態度は、若い女の子をからかっているというより、攻撃的で不穏なムードがあった。

海ちゃん、この店ちょっとヤバいかも——。

関西空港で買った手土産をエプロン姿の女性に渡している海ちゃんに、そう伝えようとしたとき、二人組のうちの一人が海ちゃんに向かって、怒鳴るようになにか言った。イルボン、というのだけはわたしも聞き取れた。

「なんて？」

「日本人かって訊《き》いてる」

海ちゃんは低い声で答えた。

ふたたび彼は韓国語でなにかをまくしたてるように言う。しかしその口調はあまりにも速くて、海ちゃんにも聞き取れなかったようだ。きょとんとした表情を見て、彼はため息を吐くと英語に切り替えた。流暢《りゅうちょう》な英語である。

「この辺りは観光地だから、日本人がたくさんいる。だから今ちょうど、二人で日本について議論してたところだ。君たちは過去にしたことを反省していない。そのことについて、どう思っている？」

男は明らかに酔っていて、目が据《す》わっていた。エプロン姿の女性があいだに入って、彼を黙らせようとしたが、男はつづけてこう叫んだ。

「お前たちは絶対に、韓国に謝るべきだ！」

まさかそんなことをいきなり言われるとは。

わたしたちはぽかんと口を開けて、顔を見合わせる。

「なに、この人。ヤバいよ、早く逃げよう」

しかし海ちゃんは動じなかった。

「あたしはただこのアドレス帳に書かれた住所を訪ねているだけなんです」

海ちゃんが片言《かたこと》の英語で経緯を説明するあいだ、男は耳を傾けていたが、話の途中で大きな音がした。男が勢いよく立ち上がり、椅子が倒れたのだった。アドレス帳を今すぐ見せるようにと男は怒鳴り、海ちゃんに詰め寄った。海ちゃんは一歩後ずさりし、アドレス帳をきつく抱えこむ。

男はもう一度、それを渡せと叫んだ。

「嫌です！　こっち来ないで」

海ちゃんが英語できっぱりと答えると、男は激昂したらしく、韓国語でなにやら言い散らしたあと、英語で「お前たちの本当の目的はなんだ？　偽善者ぶって、ただ俺たちを馬鹿にしに来たんじゃないのか？　今すぐ警察に連れて行く！」と言って、彼女の腕から力任せにアドレス帳を奪おうとした。

「やめて！」

日本語でそう叫んだ海ちゃんの手をつかみ、店から逃げ出す。心臓がどきどきして、痛いほどだった。見ず知らずの他人に怒りをぶつけられるのは、はじめてかもしれない。背後から自分たちを罵倒《ばとう》するような、憎しみに満ちた響きの韓国語が飛んでくる。さらに「日本に帰れ！」という英語も追ってきた。


しばらく広蔵《クァンジャン》市場までの道のりを黙々と歩いた。入り口のアーケードに着いたところで、わたしは立ち止まって呟く。

「なんであんなに怒ってたんやろ」

海ちゃんを見ると、かすかに肩を震わせ、言葉を失っている。

わたしは深呼吸をして、こうつづける。

「でも良かったわ。海ちゃんが殴られるんちゃうかと思って、気が気じゃなかったから。でもうちらは外国人やし、若い女やし、いきなり人探しですなんて言うから、不審に思ったんやろな――」

「いや、そんなことない」と海ちゃんはとつぜん大声を出した。「だってあのオッサン、あの店と全然関係ないやん。ただの客やで？　あたしらに文句言う筋合いないって」

はじめ海ちゃんの震えは、わたしと同じく恐怖によるものかと思っていたが、どうやら違うらしい。

「あー、めっちゃ腹立つ！　マジであのオッサン、どついたったらよかったわ！」

海ちゃんは地団太《じだんだ》を踏んだ。

通行人がいっせいにこちらを見たので、わたしは慌てて彼女をなだめる。

「とりあえず、今日の目的のうち、ひとつは果たせたんやから、晩ご飯でも食べへん？　この辺に行きたい店があるって言ってたやん」

海ちゃんが候補に挙げていた店は、市場内にある大衆食堂だった。店先には、テイクアウト用の屋台があり、白い煙がもうもうと上がっている。店員はわたしたちを迎え入れ、テーブルに案内した。金曜の夕刻とあって、店内はたいそうな賑わいだった。食欲をそそる、肉を焼く香りが店内に漂っている。

「あたし、やっぱりあのオッサンの態度はおかしいと思う」

料理を注文したあと、海ちゃんは改めてそう吐き捨てた。

眉毛がＶ字形になるくらいつり上がり、ＬＩＮＥの激怒スタンプにそっくりだ、とわたしはひそかに思った。これまでも、彼女が怒るところは見たことがあった。たとえば、厄介な仕事をすぐに押し付けるわりに大した絵も描かない教授に対して、優先席に座っているのに寝たふりを決め込んでいる人に対して、海ちゃんは怒っていた。でも今の海ちゃんの怒りは、それらとは比べものにならないほど激しかった。

「オッサンとあたしって、初対面やんか。せやのに、なんであんな絡まれ方されなあかんの。あたしがあの人にどんな悪いことした？　たしかにあたしらの住んでる国の先祖が、オッサンたちの先祖にひどいことをしたのかもしらん。国同士のリーダーがいがみ合ってるのかもしらん。でも見方によっては、あたしは韓国人なわけで、逆に百パーセント純血の日本人や韓国人が、今どきどのくらいいるんや？　弥生《やよい》時代まで先祖をたどれば、絶対に血混じってるやろ。せやのに、二者択一で境界線を引くのはおかしい。間違ってる。人類みな兄弟とちゃうんか」

そこまで言うと、海ちゃんは深く息を吸った。

海ちゃんの内側で渦巻いていたドロドロしたマグマのような熱が、一気に放出されているみたいだった。

「それに一番ムカつくんが、あたしは好きで日本に生まれたわけでも、韓国人の祖父母を持ったわけでもないってこと。自分で選んだわけでもなけりゃ、どうこう変えられる問題でもないのに、どうせぇっちゅうねん」

運ばれてきたマッコリを飲み干し、海ちゃんは勢いよくグラスを置いた。

周囲の客数名が、海ちゃんの方をちらりと見て、すぐに目を逸《そ》らした。

わたしはその様子に圧倒されながらも、今の発言はずっと彼女が思い続けてきたことなのだろうと思った。わたしにとっては日本人という枠組みでくくられ、見ず知らずの人から罵倒されることは、生まれてはじめての経験だった。でも海ちゃんは生まれたときから今に至るまで、さまざまな枠組みを何重にも押しつけられてきたのではないか。

「海ちゃんの言うことは、ほんまにその通りやと思う」

わたしはしみじみと言い、テーブルの上に置かれた海ちゃんの腕にそっと手を重ねた。

彼女はわれに返ったように、こちらを見た。

「……ごめんな、エリちゃんまで怖い目に遭《あ》わせて」

「謝る必要はゼロやで。こっちは海ちゃんと旅行できるだけで嬉しいんやから」

そうおどけて言うと、海ちゃんの笑顔が少しだけ戻った。

「エリちゃん、今夜は美味しいもん、食べまくるで」

「うん、食べまくろうや」

ステンレス製の丸テーブルのうえに、簡易コンロと網が置かれた。そのまわりを大皿、小皿が埋め尽くす。二人とも食べたり飲んだりするのが大好きだが、この日はいつも以上に箸《はし》が進んだ。中央の網で焼いたカルビやホルモンは、日本で食べるものの何倍も美味しく感じられた。他にもチゲやナムル、アワビの醤油蒸《しょうゆむ》しなど、辛いものもあるが、どれも家庭料理らしく優しい味わいだった。

「ネット情報によると、この店のキムチはちゃんと手作りしてるんやって。最近じゃ、中国から格安キムチを大量輸入する店が増えてるみたいやけど、ちゃんとひとつひとつ手で漬け込んでるみたいやね。やっぱり工場でつくられたキムチと、オモニがつくってくれたキムチとじゃ全然味はちゃうねん。雲泥《うんでい》の差やわ」

「そうなんや、さすが詳しいね」

「まぁね。韓国料理に関しては各家庭のこだわりがあるから。住んでたところはコリアンタウンじゃなかったから、けっこう遠い韓国食材店まで、おばあちゃんやお母さんは買いに行ってたもん。野菜や肉は日本のものやったけど、香辛料とかはやっぱり本場のものじゃないとね。あ、でもどんなに韓国料理が好きってゆうても、スンデだけは絶対に無理やで」

「そんなに不味《まず》いんや？」

「不味いってゆうかな、トラウマがあるねん。ほんまに勘弁してってって味。小さいとき、スンデを叔母さんがおやつに焼いてくれて、絶対美味しいから食べって、何度も何度も押し問答したことがあってさ。最終的にあたしが折れたんやけど、マジで後悔した」

海ちゃんは豪快に笑い、わたしも声を上げて笑った。

いつもの海ちゃんが戻ってきて、わたしはほっとした。

「結局さ、他の人から見たら特別に思えるかもしれんけど、自分からしたら普通やで。あたしの家って変わってたんやなってことは、あとになってから気がつくもんやねんなぁ」

笑みを浮かべながらも、そう呟いた横顔は、どこか寂しげだった。

海ちゃんが韓国に来たことは一度しかなかったらしい。それも幼稚園の頃なのでほとんど記憶がない。だから今回が海ちゃんにとって、実質はじめての韓国旅行だった。どうして今まで来なかったのかと訊くと、単純に来たいと思わなかったからだと彼女は答えた。強《し》いて言うなら韓流ドラマや美容コスメには興味はあったが、欧米の美術館に行く方がずっと有意義だと思っていた、と。でも改めてふり返れば、自分のルーツにあえてこだわりを持たないようにしていたのかもしれない、と海ちゃんは言った。

わたしは意を決して訊ねる。

「海ちゃんは韓国のことを、絵にしたりはせぇへんの？」

「どうやろ。うまく言えへんねんけど、イメージが湧いてこうへんねん。むしろそういう思い出を絵にしようとしたら、もやもやして、なんか違うなってなるというか。でも最近もやもやを解消しなきゃなって思ってて。絵描きとしてもっと成長するためにもルーツと向き合うことに挑戦したい。そんなタイミングでエリちゃんがあのノートを持って来てくれたわけ」

「ソフィ・カルって言ってたんは――」

「まぁ、ちょっとカッコつけてたかな」

はじめて旅の本当の目的をはぐらかさずに話してくれた海ちゃんに「明日はうまく行くといいね」とほほ笑んだ。

4

翌朝、ホテルの部屋でわたしは海ちゃんに訊ねた。

「昨日みたいにいきなり訪ねるんじゃなくて、事前に電話で確認してみるのはどうやろか。電話番号が書いてある人とか、おらへん?」

たしかに、と言って海ちゃんは改めてアドレス帳をひらいた。

「いくつかは書いてあるね。じゃあ考え方を変えて、なるべく新しく記入された住所を訪ねることにしよか。今もそこに同じ人が住んでいる可能性も高くなると思うし。やとすると……おのずと候補はこの二ヵ所かな」

海ちゃんはひとつ目の住所に電話をかけた。運よくつながったらしく、彼女は慣れない韓国語で、何度も頭を下げていたが、途中から日本語になった。日本語が話せる相手らしい。通話を切ると、海ちゃんはほっとした笑顔で、わたしに言った。

「オーケーしてもらえた!」

つぎの番号も生きていて、同じく承諾を得ることができた。

「駄目元やったけど、電話してみてよかったわ。しかも二人とも、日本に住んでた経験があって、Jさんとはそのときに出会ったらしい」

「そっか、じゃあ、日本語で話を聞けるかもしれんね。海ちゃん、よう頑張ったで」

大喜びする彼女に向かって、わたしは親指を立てた。

電話でアポをとった住所は、明洞《ミョンドン》から南に向かって一時間ほど電車を乗り継いだ、郊外の駅近くにあった。事前に電話したとき、相手は住所に記された自宅ではなく、駅前のカフェで話をしたいと希望したという。改札を出てすぐの天井の高いコンコースに、目印である「黒いキャップ」をかぶった七十代くらいの男性が立っていた。

男性はきょろきょろと視線を走らせていたが、海ちゃんが目印として伝えた「水色のスカーフ」を認めると、小さく会釈《えしゃく》した。海ちゃんは彼の方に小走りで近づいて「あの、パクさんですか」と訊ねた。

「はい、私がパクです」と彼は日本語で答える。

「わざわざありがとうございます」と海ちゃんは深々と頭を下げた。「さきほどお電話を差し上げた、早瀬海子です。こちらは友人の――」

「久崎江里子といいます」と引き取ってお辞儀をする。

それから駅前にあるカフェに入った。韓国のあちこちで見かけるチェーンのカフェで、ケーキをそのままドリンク化したようなSNS映えするメニューが並んでいた。注文カウンターでわたしは海ちゃんと顔を見合わせ、「どうする？　めっちゃ美味しそうやけど、相手に時間をもらって来ていただいている身で、こういうの注文するのも不謹慎かな」と目で相談する。結局わたしたちはコーヒーにして呼び出し用のベルを受け取った。

午前中とあって、半分以上空席だった。奥のテーブルに腰を下ろし、まもなく振動式のベルが鳴る。海ちゃんがカウンターから持ち帰ってきたのは、コーヒーふたつと、かき氷状のコーヒーのうえにホイップクリームやフルーツののった、ファンシー度百二十パーセントのドリンクだった。パクさんはそれを受け取ると満面の笑みを浮かべた。

「おや、二人ともコーヒーなんて渋いですね」

「は、はい」

わたしたちは肩をすくめた。

「私は一人暮らしで、家もワンルームなので、ここにさせてもらいました」

パクさんは流暢《りゅうちょう》な日本語で言い、ドリンクに口をつけた。どのカップも、日本でならスーパーラージな大きさである。

「日本語がお上手ですね」

海ちゃんが言うと、パクさんは目尻を下げて笑った。

「十年以上住んでいましたからね」

「そんなに長く！　いつ頃ですか」

「今から二、三十年も前のことですよ。仕事で大阪に赴任しました。大学で日本語を勉強していた関係で、白羽の矢が立ったんですね。子育ても日本でやりましたから、いまだに日本での生活をなつかしく思い出します」

わたしは相槌を打ちながら、海ちゃんから聞いた韓国の家父長制について思い出していた。パクさんは一人暮らしだというが、長男はたいてい父親の面倒を見るというから、子どもは娘で遠くに嫁いだのかもしれない。奥さんも今はいないということだ。

「それで、Jさんを探しているとか」

海ちゃんは「いえ、探しているというより」と言って、わたしたちが韓国でやろうとしていることを丁寧に伝えた。そして最後に「よかったらJさんのことを少し教えてもらえませんか」と訊ねた。

「アート作品ですか、なかなか興味深い試みですね」パクさんは呟《つぶや》いて、しばらく記憶を辿《たど》るように目をとじてから、こうつづけた。「私たちは蝶《ちょう》の標本づくりという趣味を通して出会いました。でも数年前に蝶に関するお便りを出したら、宛先不明で返って来てしまったんです。だから今どこにいらっしゃるのか分かりません。申し訳ありませんが」

「いえ」と海ちゃんは大きく首を左右にふった。「それより、Ｊさんは蝶の標本づくりがご趣味だったんですね」

「彼のつくった標本はクオリティが高かったですよ」

わたしはあのアドレス帳に並んでいた、几帳面《きちょうめん》に記されたハングルを思い出す。あいう文字を書く人らしいエピソードだった。パクさんはつづける。

「私は日本に赴任する前から、蝶の標本づくりを趣味にしていたので、たまたま知人に紹介してもらったんです。Ｊさんは卵の採取から繁殖までもなさっていて、高い技術と豊富な知識をお持ちでした。私よりも一回り以上年上で、寡黙でしたが面倒見がよくて、私だけでなく家族にもよくしてくださいました。韓国語の蔵書がある図書館も教えてくれたり。今みたいにインターネットで調べられる時代ではなかったから、とても助かりましたよ」

海ちゃんは相槌を打ちながら、パクさんの話に聞き入っている。

パクさんはとなりの椅子に置いていた鞄を持ち上げ、なかを探りはじめた。

「じつはあなたから電話をもらったあと、こんなものを見つけたんです」

鞄から出されたのは、約二十センチ四方の薄い冊子だった。

「日本にいたとき、Jさんからいただいた蝶の写真集です」

表紙には〈日本に生息する蝶についての記録〉と書かれている。最後のページには編者数名の名前が並び、その一人としてJの経歴と顔写真が掲載されていた。一九二五年済州《チェジュ》島生まれ、大阪市在住とある。

とつぜん目の前に現れた昔のJの姿に、二人で歓声を上げた。

「優しくて知的な方だったんですね」と海ちゃんが言う。

写真集を眺《なが》めつづけているわたしたちに、パクさんは「そうですね」と呟いた。

「でも私には、よく分からないことがありました……うまく言えないんですが、あの方は時折、心ここにあらずだったんです。まるでここは自分の居場所ではない、という空気を漂わせていた」

「祖国に帰りたがっていた、ということですか」と海ちゃんは訊ねる。

「いえ、それとも違うんです。むしろ韓国に帰るのですかと誰かが訊ねたら、絶対にないと否定していました。たとえ旅行であっても、韓国には二度と訪れることはないだろう、とおっしゃっていたこともあります。どうして自分と故郷のあいだに、それほどの溝をつくらなきゃいけなかったのかは分かりませんが」

海ちゃんは身じろぎもせず、パクさんの話に耳を傾けている。

「私と出会う前になにかがあったのかもしれません。私が生まれた頃、韓国は日本から解放された直後で、最貧国のひとつとも言われました。また子ども時代を通して、朝鮮戦争や国内政治の混乱もあって、生活はずっと不安定でした。ソウルの街も荒れ果て、孤児や浮浪者だらけだったんです」

パクさんはそれでも、なつかしそうに眼を細めた。

「でも人と人とのつながりだけは強かったですね。今よりもずっと助け合っていました。そういう考え方が、Jさんにもあった気がします。助け合いの精神のおかげで、六〇年代なかばから、ソウルはめざましい成長を遂げることができました。いわゆる『漢江《ハンガン》の奇跡』というやつです。だから私も幸いにして就職し、海外赴任まで経験した。悪い人生じゃなかったと思います」

パクさんはふっと口元をゆるめた。

「もしJさんの居場所が分かったら、私にも連絡してもらえませんか。こんな年齢になってしまったから、もう日本には行けないでしょうけれど、せめて手紙を送りたいんです。親切にしてもらったお礼と、ご無沙汰《ぶさた》してしまったお詫《わ》びを伝えるために」

じっとパクさんの話に耳を傾けていた海ちゃんは、大きく肯いた。

つぎの住所は、江北《カンブク》の北部にある北漢山《プッカンサン》の麓《ふもと》付近にあった。わたしたちは郊外から市内に電車で戻り、最寄り駅に着いた。駅から坂をのぼると、韓流ドラマに登場しそうな、おしゃれで閑静な住宅街がつづいていた。坂道に面するのは、いずれも敷地の広い一軒家である。初日に訪ねた、キムさんの孫娘が住んでいた古い団地に比べると、居住者の所得にはかなりの差がありそうだ。

「こんにちは、お待ちしてましたよ」

満面の笑みで出迎えてくれたのは、わたしの母親と同世代らしき、イさんという女性だった。イさんの日本語は、パクさん以上に流暢《りゅうちょう》だった。わたしは例によって、関西空港で買ったお土産を手渡す。

「よろしかったら、どうぞ」

「ありがとうございます。しばらく帰国していないので嬉しいです」

それを聞いて、わたしたちは顔を見合わせた。

「ひょっとして、イさんは日本ご出身ですか」と海ちゃんが目を丸くして訊ねる。

「そうですよ。電話口では言いそびれましたが、神戸《こうべ》生まれ神戸育ちなんです。二十五歳で韓国人の夫と結婚して、それ以来ずっと韓国に住んでいます。あと、イさんだなんて仰々《ぎょうぎょう》しいから、ユキコでいいですよ」

「ユキコさん」と海ちゃんは肯いた。

立派な門をくぐると階段があり、きれいな水の張られたプールのある庭に出た。その奥に、洋館風の立派な邸宅がそびえる。ちょっとしたスポーツができそうな広い玄関を通り過ぎ、左手の応接室に通された。

「あらやだ、またこんなところで寝てる」

ユキコさんはアンティーク調のソファに向かって言った。するとソファで寝ていたキャミソールに短パンという姿の女の子が、むくりと起き上がった。モデルのようなスタイルの、高校生くらいの女の子だった。わたしたちの挨拶を無視して、部屋を出ていく。

「ごめんなさいね。彼女、先日大好きだったアイドルが亡くなって、落ち込んでるんです」

ユキコさんは困ったように言った。こんな豪邸に住んで、美貌に恵まれていても、人の悩みはそれぞれなのだと思い知らされる。ユキコさんが振る舞ってくれたお茶を口に含むと、トウモロコシの風味がした。

「美味しいですね」

わたしがそう伝えると、ユキコさんはほほ笑んだ。大阪のどこに住んでいて、どんな仕事をしているのかという質問を重ね、なつかしそうに耳を傾けた。近いうちに娘を日本に連れて行きたいらしい。

「それで、Jさんのことを詳しく知りたいとか？」

「はい、偶然これを拾いまして」

海ちゃんはアドレス帳をテーブルのうえに置いた。

年季の入った合皮の表紙を見て、ユキコさんは目を丸くした。

「うちの住所も、ここに書いてあったんですか？　それは意外ですね……Jさんとお付き合いがあったのは、今からもう三十年以上前ですし、長いあいだお会いしていないものですから。韓国に移住してからは、年賀状も出さなくなりましたし、Jさんの連絡先も存じ上げていないんです」

「そうでしたか」と海ちゃんは肩を落としたが、すぐに顔を上げて訊ねる。「Jさんとはどのような交流があったんですか」

「私はまだ二十代前半で、大阪市にある中小企業でOLをしていました。ふと思い立って韓国語教室に通いはじめたんです。勤め先からほど近い教室でした。Jさんはその教室で講師をなさっていました。当時のJ先生は五十代後半だったかしら？　気さくで優しい先生でしたよ。予習をしてこなかった生徒にも寛容で、授業も分かりやすく、バリバリの河内《かわち》弁でした。お元気でいらっしゃるといいんですが」

なつかしむように目を細めたユキコさんに、海ちゃんは訊ねる。

「ユキコさんはどうして韓国語を習おうと思ったんですか」

「うーん、とくに理由はなくて、思いつきかな？　漠然と新しいことにチャレンジしたくなって、駅前で韓国語教室をたまたま見つけて、『これかも』と思ったんです。当時はまだ韓流ブームが起こるはるか前で、韓国といえば暗い印象というか、今より差別のひどかった時代でした。だから親からは冷たい目で見られましたね。でも私も若かったから、反対されるほど強気になって。そうだ、その頃の写真もあったんじゃないかな？　ちょっと待っててくださいね」

彼女は立ち上がり、奥の部屋へと消えて行った。少しするとアルバムを何冊か持って、満面の笑みで戻って来た。

「運よく残ってましたよ！　私って物持ちがいい方なんですよ。思い出の品とかも、どうしても捨てられなくて、夫とも喧嘩《けんか》になるくらい。でもこんな風に役に立つこともあるんですね。これはソウルオリンピックのときの写真だと思います。韓国語教室のみんなで観戦したんですよ。一九八八年だなんて困ったわね、お二人はまだ生まれていないんじゃないかしら」

ページをめくりながらユキコさんは目を丸くし、信じられないというようにゆっくりと頭をふった。

パーティ会場の写真だった。バブリーな服装と化粧の、若かりし頃のユキコさんがうつっている。さらに中央にいるのは、背広を着て眼鏡《めがね》をかけた見覚えのある、あのJだった。パクさんが見せてくれた顔写真に比べると若く、リラックスした表情だ。

「優しそう」

海ちゃんが呟《つぶや》き、「ね」とわたしも肯く。

「本当に優しい方でしたよ。最初に韓国語を教わったのがJ先生以外だったら、すぐに挫折していたと思います。そして韓国人留学生だった夫とも親しくならず、今の人生とはまったく別の道を歩んでいたでしょうね。そういう意味で、J先生は私にとって恩人なのかもしれません。ただ――」

そこまで言うと、ユキコさんは口をつぐんだ。

「ただ?」と海ちゃんは眉を上げた。

「話しながら思い出したんですが、J先生はご自身の話をされませんでしたね。たとえばJ先生がどうして日本にいらしたのか、ご家族はなにをしてらっしゃるのか。ご自身の過去やプライベートについては、不自然なくらい話すことを避けていらっしゃいました」

──時折、心ここにあらずだったんです。

パクさんが言っていた、Jの印象を思い出す。

「それにしても、J先生の連絡先を教えられなくて、本当に残念です。もし他のどなたかが先生の連絡先をご存知だったら、私にも共有させてもらえませんか」

パクさんとまったく同じことを頼まれて、海ちゃんは「もちろんです」と肯いた。

その夜、わたしたちは明洞《ミョンドン》のホテル近くにある大衆食堂に、参鶏湯《サムゲタン》を食べに行った。やがてテーブルに、グツグツと煮え立つ参鶏湯だけでなく、カクテキ、赤飯によく似たご飯に加えて、人参酒が運ばれてきた。前夜に食べ過ぎて疲れていたわたしの胃袋は、あっさりとしたスープに癒《いや》される。鶏ガラ味のなかに、薬膳やナツメの香りがふわりと広がるのも心地よかった。

「今日訪ねた二人とも、Jさんのことを忘れてはいなかったけど、連絡先を知らないなんてちょっと寂しかったな」

わたしが言うと、海ちゃんは箸《はし》を口に運びながら、肩をすぼめた。

「けど、あたしも同じかも」

「どゆこと？」

「だって昔の友だちとかは年々疎遠になるし、とくに用事がなかったら、忙しくて無理に会わんくない？　会おう会おうと言いはするけど、お互いに本気じゃないっていうか。連絡をとろうと思えば、メールでもＳＮＳでもすぐにできてしまう便利さがあるからこそ、二度と会わずに終わっちゃう人は、昔より多いのかもしれんで」

海ちゃんはそう言って、スマホに視線を落とした。

「会うことって、すごく特別で尊いのかもね」

「ほんまにね。やから今日は、いろんな人に会えてよかった。あの二人のおかげで、Ｊさんのこともだいぶ分かってきたし。Ｊさんが生まれたのは一九二五年、元大阪市在住。趣味は蝶の標本づくりで、韓国語教室で講師をしていた。昔はカッコよくて、パクさんいわく寡黙《かもく》、ユキコさんいわく気さく。寡黙と気さくって対照的やけど、優しいってところは共通」

「そうやね。あと、二人とも言ってたけど、Ｊさんの過去にはなにかあったような気がするね。人には話せへんようななにかが」

わたしが首を傾《かし》げると、海ちゃんは「せやね」と呟き、窓の外を見た。

いつのまにか、雨が降り出していた。

「Jさんについて話を聞いてると、つい自分の祖父母のことを思い浮かべてしまうねんな」

「たしかに、同世代か」

海ちゃんは肯いた。

「うちの祖父母は釜山《プサン》から近い慶尚北道《キョンサンプクト》ってところで生まれて、出稼ぎ的な感じで戦前に日本に来てん。大阪でパチンコ店をはじめて、それが儲《もう》かったから不動産業をはじめて。うちの両親と一緒にずっと大阪で頑張ってたんやけど、あたしが高校に通いはじめたころに、祖父母そろって一時期、韓国に戻ってたことがあってさ。やっぱり韓国が恋しかったんやろうね。うちらも頻繁《ひんぱん》に遊びに来てくれるって信じていたみたい。でも実際は、あたしも弟も学校で忙しいし、両親もそこまで韓国に行きたいって感じでもなかったから、逆に寂しくなったらしくて、二人ともすぐ日本に帰って来たわ」

そこまで言うと、海ちゃんは追加で注文したマッコリを一口飲んだ。

「ちなみに、海ちゃんの両親はどちらも韓国にルーツがあるの」

「せやで。お父さんが働いていた韓国系の銀行で、お母さんがお客さんとして来たことが出会いらしい。だからうちの家系には、純粋な日本人と結婚した人はおらへんわけ。もし今の彼氏と結婚したら、あたしがその最初やな」

「彼氏はそのこと知ってるん？」

「もちろん。でも普通。むしろ、あたしの方が気にしてる」

わたしは一度だけ、海ちゃんの彼氏に、彼女の個展のオープニングで挨拶をしたことがあった。同じ美大のデザイン科出身で、今はウェブデザインの会社で働いている。

「たとえば、今年のお正月に彼氏の実家に遊びに行かせてもらったんやけど、めっちゃカルチャーショック受けてさ。日本のお正月って、おせち料理とか手作りして、着物で迎えるんかなって勝手にイメージしてたんやけど、実際はびっくりするくらいラフやった。『みんなでファミレスいこー』みたいなさ。逆に、自分がいかに先入観に囚《とら》われてたんかって、反省したわ」

わたしはむしろ、海ちゃんが正月に彼氏の実家に行ったこと自体に驚いたが、話の腰を折らないように質問を重ねた。

「海ちゃんの実家では、韓国式の伝統的なお正月をしてたわけや」

「在日の文化って独自っていうか、わりかし古いねん。たぶんネイティブの韓国人からすると、日本でいう昭和のままみたいなさ。法事もきちんとやるし、年末年始は二十人近い親戚縁者が集まる。ほやから、女はずっとご飯だの酒だの用意しつづけて立ちっぱなしやで。あと、あたしのおばあちゃんは、普段着がチョゴリやったからね」

「チョゴリ？」

「あ、ごめん、チマチョゴリ」

「あのふわっとしたスカートの」

わたしが言うと、海ちゃんは大きく肯く。

「おばあちゃんは韓国に誇りを持ってたんやろね。でもコリアンタウンでもないのに、ずっと堂々とチョゴリって、すごいパンチ効いてるやろ？　たぶん近所の人からは変わった人やなって思われてたんちゃうかな。だって毎日やで。けっこう地味な、ムラサキっぽい感じのチョゴリでさ――」

海ちゃんは最初のうち、いつも通り冗談を交えながら、祖母のエピソードを話してくれたが、途中で急に静かになった。彼女が生まれてさえいない遠い過去をふり返るかのように、窓の向こうの夜の街に視線を投げ、しばらく黙っていた。しとしとと単調に降る雨は、日本の五月雨《さみだれ》によく似ている。

旅のなかで、海ちゃんは外出中つねにカメラを手放さず、ホテルに戻ると長い時間をかけてメモをとっていた。帰国後それらの記録は、彼女のアートに生まれ変わるのだろうか。初日の夜に彼女が教えてくれた、韓国が絵に登場しない原因だった根本にあるもやもやは、これで解決されるのだろうか。

大阪への帰還は、もう明日に迫っていた。

5

最終日の朝、ホテルをチェックアウトした。しかし帰国の便は夕方発なので、もう少し荷物だけホテルに預かってもらい、自分たちは最後に訪ねられるだけの住所を当たってみることにした。どのエリアなら効率よく回れるかと話し合っていると、海ちゃんのスマホが鳴った。

「もしもし」と答えたあと、海ちゃんは韓国語でやりとりをする。はじめは驚いた表情を浮かべていたが、しだいに真剣な面持《おもも》ちになり声を大きくした。その様子を黙って見守っていたわたしに、電話を切った海ちゃんは、興奮した様子で報告する。

「初日に、一番に訪ねて行ったキムさんの孫娘さんからやった！」

「うちらと同世代の？」

「うん、あの足の長い子。キムさんご本人が、あたしらと話をしてもいいって言ってくれたらしい。今日帰国するって伝えたら、今から会いに来てくれたら時間つくれるって」

「会いに行くしかないね」

海ちゃんは大きく肯いた。

よく晴れた朝だった。昨夜降った雨のおかげか、空気も澄んでいる。見憶えのある駅から同じ道を歩き、二人はふたたび漢江《ハンガン》沿いにある団地を訪れた。高台になった団地の公園からは、初日よりも遠くまで鮮明に、江南《カンナム》の街並みが望める。川幅が広く水量がゆたかで、大都会をつらぬく漢江の景色は、淀川に似ていると思った。

「エリちゃん、行くで」

海ちゃんに声をかけられ、われに返る。

「うん、いま行く」

階段をのぼり、先日と同じドアのインターホンを押す。しばらくして顔を出したのは、二日前に会った孫娘ではなく、八十歳は超えるだろうが、かくしゃくとした男性だった。おそらくキムさん本人であろう。気難しそうな雰囲気に、わたしはあとずさる。しかし海ちゃんは動じず、韓国語で挨拶をした。

「日本語でいいよ」

しゃがれた声である。関西弁の訛《なま》りがあった。

「日本語がお上手なんですね」

「昔、大阪に住んでたんや。だいぶ忘れとるが、君の韓国語よりうまいで」

「おっしゃる通りで」

海ちゃんが肩をすぼめて答えると、キムさんは「ここじゃなんやし、家のなかは散らかってるから、外で話そか」とわたしたちの方を見ないで言い、サンダルを突っかけて、杖《つえ》を片手に廊下に出た。キムさんは杖をつきながら、ゆっくりと階段をおりて行く。わたしたちは黙って、あとにつづいた。キムさんは中庭を通り抜け、公園に出た。公園には、二人掛けのベンチがふたつ、漢江を望む角度で設置されていた。キムさんは腰を下ろすように促した。

「それで？」

「先日これを拾ったんです。大阪の、淀川の近くで」

わたしは鞄のなかに入れていたアドレス帳を、キムさんに手渡す。キムさんはポケットに入れていた老眼鏡をかけて、表紙をひらいた。ページを一枚ずつめくる。深いしわが刻まれたキムさんの手は、かすかに震えていた。キムさんは自分の住所の書かれたページにさしかかると、そこにならんだJのハングルを凝視した。

「うちの住所やな」

かすれた声で、キムさんは呟いた。海ちゃんが答える。

「でもJさん本人の連絡先が分からず、届けようにも届けられなくて」

「それで、わざわざ韓国に？」

キムさんは顔をあげて、はじめてわたしたちの方を向いた。

海ちゃんが肯くと、キムさんは眉を寄せた。

「最近の若者は暇《ひま》なんか」

「そうですね」と海ちゃんは苦笑したあと、思い切ったように言う。「じつはあたし、絵描きなんです」

「絵描き？」

海ちゃんは鞄から、一冊のファイルを出した。彼女がそのファイルを出すのは、この旅ではじめてだ。わたしは海ちゃんがそれを持って来ていたことすら知らなかった。キムさんに手渡されたファイルには、彼女の描いたおもちゃ箱をひっくり返したような、色とりどりの賑やかな作品群の画像がまとめられていた。

キムさんは一枚ずつ、それらの絵を眺める。

海ちゃんはその様子を見守りながら、こうつづける。

「それから、あたしの祖父母はキムさんと同世代の韓国人です。だからあたしは在日三世に当たります。でも自分が『在日』であることに、ずっと違和感を抱いてきました。絵を描いていても、無意識に見ないようにしている部分が、たしかにあったんです。でもその部分は、あたしのことをいつも見つめていた。となりの彼女から、偶然このアドレス帳を拾ったと見せられたとき、自分がそのなにかから目を逸《そ》らしつづけてきたことに気がつきました。だから漠然と興味を持ったんです。Ｊさんのことを理解できれば、自分の描く絵だけじゃなくて、自分の人生そのものに、なにか大事な変化が起こるんじゃないかって」

キムさんは老眼鏡を外して目頭をおさえた。

「事情は分かった。まさか君が絵描きだとは思わなかったが、じつはわしも昔、真剣に絵を描いていた時期があってね。それに、わざわざここに二度も来てくれたわけや。不思議な縁を感じるから、特別にＪとの思い出を話してあげよう。自分の孫娘にも話したことはない思い出や」

そう前置きをして、キムさんは滔々《とうとう》と話しはじめた。

――今の大阪は、どんな風になってる？　ずいぶんと様変わりしてるんやろな、わしが住んどったときとは。

わしがはじめて大阪の地を踏んだんは、十代後半やった。戦前、アジア有数の工業都市だった大阪には、たくさんの朝鮮人が仕事を求めて押し寄せていた。彼らは自然とコミュニティを形成し、ひとつの街をつくった。いわゆるコリアンタウンのはじまりやな。

そこで出会ったのがJやった。

わしとJはすぐに意気投合した。二人の境遇には、重なるところが多かったんや。故郷では食べて行けなかったから、海を渡っていた。わしは十歳そこそこで両親を亡くし、Jも口減らしのために、子どものいない家に養子に出されていた。わしは魚の死骸や生ゴミから肥料をつくる工場に就職したが、仕事があまりにも苛酷で、工場を飛び出した。Jも逃げるように船に乗ったと話しとったわ。

一匹狼で生きてきた時間が長かったから、励まし合える兄のような存在をはじめて見つけたわけや。他に身寄りがなく、言葉も通じない大阪で、なんとか生き延びられたのは、間違いなくJがいてくれたからやった。彼との出会いがあったからこそ、今のわしが存在すると言ってもいい。

戦争が終わると、大阪からたくさんの朝鮮人が半島に帰っていったけど、わしは帰りの船には乗らんかった。帰っても、どうせ家族も友人もおらん。むしろ大阪の方が、Jを含めて頼れる人間がぎょうさんいる。必死に築いてきた生活基盤も、失いたくはない。なにより当時の韓国の情勢は、内戦状態にあった。たとえ祖国とはいえ、そんな不安定な場所に帰るなんて、あまりにも危険やろ？

でもJはわしと違って、国に帰りたがっていた。なにがJをそこまで祖国につなぎとめたのか、わしには分からん。愛国心か、民族意識か。Jの根本には、錨《いかり》のようにずんと重たいなにかが横たわっていて、そこからJが遠くに行ったり、別のどこかへ旅立つのを決して許さんかった。その錨はJ自身の意思で下ろしたものじゃなく、誰かに投げ入れられたものやったんかもしれへんな。

そして不運にも、朝鮮戦争がはじまった。大阪のコリアンタウンも、いっそうピリピリした空気になった。ニュースを聞いた夜、Jと明け方まで酒をあおり、眠れない夜を過ごしたのを憶えてるわ。いつになったら帰れるんやってJは泣いとったな。

やっと朝鮮戦争が終わったときには、わしらは成人して、それぞれの生活基盤を築いていた。Jは韓国語教室で講師をはじめ、わしは製肉の卸業者で働いていた。やから結局、二人とも韓国には戻らんかった。

その頃、半島から遥《はる》か離れた日本のコリアンタウンに、見えない三十八度線が引かれるようになった。ついこのあいだまでは、同じ半島出身の同胞だったのに、いきなり南支持派と北支持派で対立しはじめたわけや。わしは意地でも、どちらにもつかないニュートラルな立場で居つづけたよ。個人的な考えはあったが、中立でいる方が世渡りしやすいと判断したんや。でもJは違った。

Jは少しずつ、北支持派のグループと付き合うようになった。その頃には、お互いに家庭を持ち、子どもも成長していた。だから昔みたいに毎晩飲み歩き、遅くまで腹を割って語り合うような関係ではなくなっていた。わしにとって、Jはいざというときに一番信頼できる兄には違いなかった。せやけど、Jにとってわしの存在は、いつのまにか変化してしまったようやな。

Jはやがて帰国事業に関わるようになった。え、帰国事業を知らないって？　平たく言えば、朝鮮人の北への帰国あっせんやな。北朝鮮は「地上の楽園」であるという宣伝のもと、九万人を超える朝鮮人を帰国させたんや。といっても、彼らの九割が、南の出身だったんやけどな。おかしいと思うやろ。でもそのうちの一人に、Jの長男坊がいた。

Ｊの長男坊が帰国すると聞いたとき、わしはすぐさまＪに連絡をとった。後悔してからじゃ遅い、もっとよく考えろ。そう説得しようと試みたが、Ｊは決して、耳を貸そうとはしなかった。Ｊは組織の幹部やったからな。のっぴきならない状況に追い込まれていたのか、あるいは、息子は北に行って幸せになると本当に信じていたのか。

Ｊの長男坊はわしにとって、乳飲み子《ちのご》の頃から可愛がってきた、実の息子のような存在や。だから他人事《ひとごと》とは思えんかった。音楽が好きで陽気な、どこにでもいる普通の子やで？　それやのに、北に行って音楽が聴けなくなってもええんかとわしが訊いたら、あいつはそれでもいいと答えた。長男坊の覚悟も、わしがなにを言っても動かんかった。

言うまでもなく、君たちも知っている通り、北朝鮮に一度行ってしまえば、簡単には出られなくなる。面会もできない。検閲に注意して、物資を送るくらいがやっとや。長男坊を送り出して以来、Ｊは人格が変わったように寡黙《かもく》になり、人付き合いも悪くなった。わしもＪとは疎遠になった。

だから北に行った長男坊が、しばらくして病気で亡くなったことも、Ｊから直接に聞いたわけじゃなかった。

わしは決して自分は悪くないと自分に言い聞かせた。自分がもっと行動を起こしていたとしても、結果は変わらなかった、と。もしも二十代の頃、Jが北支持派の集会に通うのを全力で止めていたとしても。結婚したあとも、Jとたくさんの時間を過ごしていたとしても。長男坊を絶対に行かせちゃいけないって、命がけで止めていたとしても。

わしは五十代後半で、知人とソウルで新しい商売をはじめるために、家族を連れて大阪を離れた。子どもたちは住み慣れた日本を離れたくないと反発したが、今じゃすっかり韓国人やわ。わし自身も日本での生活の方が長くて、はじめは苦労したけど、また祖国に根を下ろすことができた。

Jとは一度も連絡を取っていない。わしがソウルに移住したあと、長女とともに引っ越したという噂は耳にした。だから彼の住所さえも分からない。でも年をとるほど、Jのことを思い出してるんやわ、不思議なもんでな。

「Jさんの連絡先が分かったら、お伝えしましょうか」

別れ際、海ちゃんがそう提案すると、キムさんは一瞬口をつぐんだあと、こう訊ねた。

「なんのために？」

海ちゃんは答えなかった。

キムさんは漢江《ハンガン》の対岸に視線を投げた。そして深い息を吐くと、海ちゃんとわたしの方に向き直り、はっきりとした口調で言った。

「君らには分からんよ、きっと」

　決して冷たくはなく、キムさん本人も途方に暮れている響きがあった。

　キムさんは直後、目尻にしわを寄せて、海ちゃんにほほ笑みかけた。

「それでも、Jのことを君らに話したんは、君の絵を見たときに、君がこの話を聞いて、今後どんな作品を生みだしていくのか、興味が湧いたからや。どんなものが出来上がるんか、わしには想像もつかへんけどな」

　海ちゃんは小さく肯いた。

「話を聞かせていただいたお礼に、完成したら必ず絵をお送りします」

＊

　わたしたちはキムさんの住む団地からホテルを経由して電車で仁川空港まで向かう

あいだ、ほとんど言葉を交わさなかった。車窓の向こうを、初夏らしい午後の日射しに照らされたソウルの街並みが過ぎ去っていく。旅の初日に日本にそっくりだと感じた景色は、今のわたしの目にどこか違ってうつった。

「結局、Jさん本人の居場所は、分からへんかったな」

ようやく海ちゃんが口をひらいたのは、搭乗ゲートの前でフライトの時間を待っているときだった。ガラス壁の向こうでは、さまざまな航空会社のロゴを背負った機体が、離陸を待っている。

「じつはさっき、お世話になってるギャラリーの人から、近々あたしの個展をやらへんかっていうメールがあってん」

「めっちゃいいタイミングやん！　この旅のことも作品にできるし」

わたしは祝福したが、海ちゃんのぎこちない笑顔は、そのチャンスを手放しに喜んではいなそうだった。

「なにか心配なん？」

「正直、この旅に出るまでは、パクさんやユキコさん、キムさんから、あんなにちゃんと話を聞かせてもらえるなんて、まったく想像もせんかった。だから旅に出ることが大事で、アドレス帳の未来については考えてなかったけど、このままJさんに返せへんで終わっていいんか分からんくなってきた」

そう言って、海ちゃんはアドレス帳を鞄から出し、あるページを開いた。

「ここ、たぶん破られてるねん」

わたしは気がついていなかったが、たしかにページの一部には、破り取られたような紙の跡があった。住所によっては、大きく×印がついたものや黒く塗りつぶされたものもあるので、わざわざページごと破り取るということは、持ち主であるJにとって、存在さえ忘却したい住所が、そこにあったのかもしれない。

「ひょっとして、亡くなった息子さんの住所が書かれていたとか？」

「かもしれへんね、根拠はないけど」

「キムさんも最後に『君らには分からん』って言ってたけど、ほんまにそうなんやろなって思うわ」

海ちゃんは肯き、アドレス帳のうえにそっと手を置いた。

「今回の旅では、韓国から日本に行った人、日本から韓国に行った人、いろんなパターンの話が聞けたやん？　たとえば『在日』ってひとまとめに言っても、個として、人として、その悩みも思想も、人生の数だけある。それと同じで、ふたつの隣国をまたぐ人には、その数だけ事情があるんやろな。当然のことやけど」

6

中央区の閑静な住宅地の一角にあるギャラリーで、海ちゃんの個展は約一ヵ月にわたって開催された。コンクリートの床面と白い壁に囲まれたスペースに並んだのは、計十枚のカンヴァスである。

入り口から向かって正面の大きな壁には、紫色のチマチョゴリを着た腰の曲がった女性の絵が掛けられていた。そのモデルは、海ちゃんが旅行中の夜に話してくれたおばあちゃんだろう。日本語が不得手《ふえて》で、家ではおじいちゃんとずっと韓国語で会話していたことや、近所の人の目も気にせず、朝鮮人として誇りを持ちつづけ、普段からチョゴリを着ていたことなど、海ちゃんから聞いたエピソードを思い出す。

そのとなりには、海ちゃんの作品には珍しい小さなサイズのカンヴァスに、縁にレリーフの施された白磁の小皿と、それに盛り付けられたキムチが描かれていた。キムチの他にも、ひげの生えたゴボウに似た植物がある。海ちゃんいわく、高麗人参らしい。余白がたっぷりととられ、今までの海ちゃんの情熱的な作風とは、どこか趣が違う。ユーモア溢れる、さらりとしたタッチだった。

個展のもうひとつのメインは、幅数メートルの横長のカンヴァスに、ゆったりと流れる大河が描かれた風景画だった。キムさんの団地を訪れたとき、話を聞きながら眺めた、漢江《ハンガン》の景色だろう。対岸にはさまざまな人が運動や散歩を楽しんでいるのに、こちら側の岸は無人だ。腰を下ろしたベンチも忠実に再現されたものの、誰も座っていない。その印象的な一枚は、話を聞き回るほど実体が遠ざかっていった、Jという孤独な人物像を象徴しているようだった。

オープニングには、海ちゃんの作品のコレクターや知人が集まり、会期の後半になっても、客足は途絶えなかった。その頃には、美術系のウェブ雑誌に、海ちゃんのインタビュー記事がつぎのように掲載された。

――現在、大阪市内のギャラリーで三度目となる個展を開催中の早瀬海子さんに、お話をお伺いします。これまで早瀬さんは、巨大なカンヴァスにご自身の記憶から抽出したさまざまなモチーフを、遊び心たっぷりにちりばめた絵画群を発表して来られました。でも今回の展示では、作品サイズは全体的に小さくなり、空間にも余白がとられています。静謐《せいひつ》な空気感が漂う新作群では、従来のスタイルとは異なる試みがなされていると感じました。どのような意図があったのでしょうか？

早瀬　画材や技法などは今までと同じですが、今回はアイデアを出す段階で、違ったアプローチをしました。今回発表した絵はどれも、この個展が決まる前に友人と経験した、ソウルでの二泊三日の旅から着想を得たんです。

――たしかに、作品には韓国を連想させるモチーフがいくつか登場しますね。

早瀬　私のルーツは韓国にあって、祖父母は朝鮮人でした。でもそのことが作品に表れたことは一度もなかったんです。旅に出るまで、在日三世である私にとって朝鮮や在日といった概念は、よく分からないもの、他人から押し付けられたカテゴリーでしかなかったから。でも旅先で人と出会って話を聞くなかで、自分のルーツである祖父母のことや、実感なく耳にしてきた歴史を、自分のなかに再インストールできました。だから作品にも、おのずと韓国の要素が現れるようになったんだと思います。

――特別な旅だったんですね。

早瀬　ソウルには行ったことがなかったので。

――なぜ今回はじめて旅をなさったんですか？

早瀬　一緒に行ってくれた友人が、一冊のアドレス帳を拾ったのがきっかけでした。持ち主はＪさんという名前です。でもＪさんご本人の連絡先は書かれていませんでした。だから今回の旅行では、アドレス帳に書かれた住所を五軒ほど訪ねて歩きました。Jさんのことを訊いて回る、という趣旨だったんです。

――ソフィ・カルみたいですね。

早瀬　バレました？（笑）　はじめはソフィ・カルみたいだし、半分くらい探偵気分でしたが、実際にソウルに行くと、予想以上にいろんなことを考えさせられました。でもJさんご本人の連絡先がまだ分からなくて、本当に残念です。このインタビューを見て、もし心当たりのある方がいらしたら、ぜひギャラリーにお越しください。会期中はスペースにいるようにします。

会期最終日の夜、わたしは仕事のあと、ギャラリーに立ち寄った。搬入を手伝ったおかげで、わたしはすっかりギャラリーのスタッフにも気に入られていた。受付の奥に招き入れられ、海ちゃんとお茶を飲んでいると、一人の男性が来廊《らいろう》した。灰色のパーカーにジーンズというラフな格好で金髪に染めているが、よく見るとわたしたちよりも年上のようだった。受付の前に立つと、その男性は開口一番こう言った。

「あれ、返してください」

パソコンに向かって仕事をしていたスタッフが手を止めて、彼を見上げる。

「……あれってなんですか？」

スタッフが訊ねると、男性はJの名前を口にした。

「うちの祖父のアドレス帳や。あんたら、あれを勝手に使って、書かれている住所を訪ね歩いたそうやないか。知り合いからおかしなインタビュー記事が転送されてきて、最初は別人かと思ったけど、記事に書かれた名前も年齢も出身地も、今大阪に住んでいるという点も一致するからびっくりしたで。こっちはプライバシー侵害で、あんたらを訴えることだってできるんやで」

わたしはその剣幕に圧倒され、言葉を失う。

しかし傍らにいた海ちゃんは動じず、受付の向こうに出て行った。

「すみません。この個展をひらいた張本人で、早瀬海子と申します。わざわざ来てくださって、ありがとうございます」

そう言って、海ちゃんは男性に向かって深々と頭を下げた。

男性は呆れるように「ありがとうって」と吐き捨てた。

「あのね、僕は個展を見に来たんとちゃうで。抗議しに来たんや」

「不快にさせてしまって、申し訳ありませんでした。でも最初から、あのアドレス帳をJさんご本人にお返しするつもりだったんです。だから足を運んでくださって、とても有難いと思って――」

海ちゃんは頬を紅潮させて説明しようとするが、男性はそれを遮《さえぎ》る。

「本人に返すなんて、もう無理や」

「え？」

「先月亡くなった」

固まっている海ちゃんに、男性は淡々とつづける。

「うちの母も祖父が亡くなってひどく落ち込んでる。それやのに、こんな形でかき回されるなんて、悪ふざけにもほどがあるわ。最初から返すつもりやったって言うけど、こうやって自分のエゴに使ったわけやろ？　そういう言い訳は結構やから、とにかくあれを早く返してもらおか」

海ちゃんに視線で合図され、わたしは鞄から例のアドレス帳を出した。プラスチックのケースから取り出して、それを受付の向こうにいる男性に手渡す。彼は荒れた手でそれを受け取ると、ぞんざいにページをめくった。その扱い方を見て、わたしは古い紙が破れてしまうのではないかと心配になる。しかし本当の持ち主は、彼の方なのだ。

「これ、どこで見つけたわけ？」

「淀川の遊歩道です」

わたしの答えに、彼は困惑したように眉をひそめた。

「淀川？　なんでそんなところに」

「Jさんはよく足を運んでらっしゃいませんでしたか」

「さぁね。仮に、散歩してたとしても、わざわざこんなもの持ち歩かないでしょ。捨てるつもりで置いて来たんとちゃうか。けったいなことしよんな」

最後の方は独りごとのように彼は呟いた。

なぜ死の間際に、Jはこのアドレス帳を川岸に置き去ったのか。しかしJが亡くなった以上、親族でも分からないのであれば、答えを知る手立てはない。しんと静まり返った展示空間を一瞥《いちべつ》すると、男性はふっと口元を緩めた。

「まぁ、でもあんたらみたいな変わり者に拾われへんかったら、僕も母もこのアドレス帳の存在は知らんままやったやろな。こんな風に、祖父が昔の知り合い――しかも今は韓国にいる知り合いの連絡先を捨てずにいたなんて、想像もせえへんかったわ。警察に届けていたとしても、ひっそりと処分される運命やったと思う」

「そうでしたか」と海ちゃんは俯《うつむ》き、彼の手にあるアドレス帳を見つめた。「でもそのアドレス帳のあたしたちが訪ねた人たちは、Jさんのことを憶えてらっしゃいましたよ？　そしてJさんの連絡先が分かったら教えてほしいとおっしゃってました」

男性はしばらく海ちゃんを見下ろしたあと、深いため息を吐いた。

「余計なことを言わんといてくれ。とにかく、もう二度と、祖父のことを、いや、僕たち家族のことを詮索してほしくない」

彼は冷たく言い、海ちゃんはふたたび頭を下げた。

「すみませんでした」

男性はなにも答えず、アドレス帳をぞんざいに鞄に入れた。その扱い方を見て、生前のJと家族との関係をわたしは想像する。自らの息子を帰国させ、病が原因とはいえ早くに死なせてしまった。そんな過去が、残された家族に影を落とさないわけがない。彼はガラス戸を押し開け、無言で去って行った。

すべての発端だったアドレス帳がなくなったとたん、色彩に溢れたカンヴァスが響き合っていたはずの展示空間は、急に色褪《いろあ》せていた。そこに描かれたソウルの景色も、韓国料理も、チョゴリを着た老女も、夢のように現実味がなくなる。

――君らには分からんよ、きっと。

最終日にキムさんから言われた台詞《せりふ》が、また耳の奥で聞こえた。

そうしてJはわたしたちにとって、永遠に不在の人になった。

*

淀川沿いの遊歩道は、連日の暑さにもかかわらず、週末になると賑やかだった。釣りや虫捕りをする人、自転車を走らせる人、日傘をさして行き交う人、なかには日に焼けた肌をさらしてランニングする人もいる。

春先にはきれいに刈りこまれていた河川敷《かせんじき》の草むらも、また膝《ひざ》の高さまで伸びてしまっていた。わたしは相変わらず、週末になると習慣としてこの淀川沿いの道を歩いたが、いくら季節が進んでも、あのベンチの前を通り過ぎるたびに、Jのアドレス帳のことを思い出さずにはいられなかった。報道される日韓関係は、ますます悪くなっている。

海ちゃんにも多少の変化があった。

新しい絵を描くのだと言ってカンヴァスを新調したらしいが、遊びに行ったときにアトリエを覗くと、真っ白のまま放置されていた。あんなに制作の手をゆるめなかった海ちゃんらしくない。美大での仕事はそつなくこなしているようだが、食堂の前でぼんやりと煙草《たばこ》を吸っている姿も何度か見かけた。Jの孫にアドレス帳を返して以来、Jのことも韓国旅行のことも話題に出さなくなっていた。

　わたしは二人の旅行について、一人の時間によく考えた。はじめは拾ったアドレス帳の住所を訪ね歩くことが、どうして作品になるのかまったく分からなかった。しかし彼女のそばにいつづけて、また完成した海ちゃんの絵を見て、やっと腑《ふ》に落ちた。彼女にとって絵を描くことは、他人の家を訪ね歩いたり、彼らと知り合ったりすることと同じだった。

　わたし自身、海ちゃんの行動や絵を通して、さまざまな事実を知った。Jたちが生きた時代の歴史だけでなく、海ちゃんやその家族の思い出、そしてアートは自分らしく日常を見つめるためにあるということ。

　それだけでも今回の旅には、すごく意味があったはずだ。でもわたしはそのことを、彼女にうまく伝えられる自信が持てず、もどかしかった。

　Jの名前がふたたび話題にのぼったのは、そんな七月の終わりだった。

「エリちゃん、今朝すごいものが届いた！」

　出勤したわたしのデスクに、海ちゃんがやって来た。

「見て」

そう言って海ちゃんがデスクに置いたのは、なつかしい一冊のノート――Jのアドレス帳だった。

「なんで！　どういうこと？」

「あたしもびっくりした。この手紙、読んでみて」

それはアドレス帳に同封されていたという、Jの孫からの手紙だった。無骨だが、ていねいな文字でつづられていた。


最後にあなたから言われたことが、やけに心に残りました。アドレス帳からあなたたちが訪ねた韓国の人たちは、祖父に会いたがっていた、という一言です。本当にそうだろうか、とはじめは疑いました。でももしそうなら、このままアドレス帳が埃《ほこり》をかぶってしまってもいいのだろうか、と悩みもしました。だから自分でも驚きの行動ですが、アドレス帳にあった住所すべてに、祖父の訃報《ふほう》を送りました。

すると予想をはるかに超えた数の返事がありました。祖父に対する感謝を伝える手紙や弔慰品《ちょういひん》が、つぎつぎに届いたのです。僕や家族は、祖父のことを理解していなかったのかもしれないと反省しました。

とくにキムさんという方は、先日あなたから漢江《ハンガン》を描いた絵を受け取り、心を動かされたと長い手紙を送ってくれました。僕の母は、キムさんのことを憶えていて、手紙を握りしめながら泣いていました。

このアドレス帳は、あなたが持っていてください。

祖父もそれを望むと思います。

人形師とひそかな祈り

1

人形師、若柴正風《わかしばせいふう》の工房を兼ねた店は、市街地から高野川《たかの》沿いに北上して、峠《とうげ》を越えた山里にある。山の中腹に建立された寺の、細い参道入り口に位置するため、登山や参拝に訪れた人々が多く立ち寄る土産物屋《みやげもの》でもあった。

その日、片道三時間かけて訪ねて来た高齢の夫婦は、正風の人形を一番の旅の目当てにしていた。彼らは白い文字で「人形」と染め抜かれた藍色の暖簾《のれん》をくぐり、大小さまざまの人形が並ぶ、広々とした店内を覗《のぞ》いた。

隣接する工房から顔を出した正風は、「こんな山奥に、はるばるお越しくださってありがとうございます」と彼らを出迎えた。

「山道は慣れないので、雨が止《や》んでよかったです」

肯《うなず》きながら、正風は窓の外に広がる、深い霧に包まれた山々を見た。数日降りつづいたせいで、ごうごうと流れる水路の音が、店のなかまで届いてくる。重厚な木のテーブルをはさんで、人形師は夫婦と向かい合った。

「お電話した通り、御所《ごしょ》人形を拝見できますか」

男性から電話がかかってきたのは、二週間前のことである。離れて暮らしている娘夫婦の生まれて間もない初めての男の子に、正風のつくった御所人形を贈りたいのだと話した。他の問い合わせと比べて、どこか深刻な響きがあった。

「こちらはいかがですか」

正風は言うと、手のひらにのるほどの人形を桐箱《きりばこ》から出し、彼らの前に置いた。ふっくらとした輪郭の、子どもの姿をした御所人形だ。光を宿したような白い肌で、丸々とした身体《からだ》つきである。頭部が大きく、小ぶりな赤い唇がほほ笑んでいる。

「可愛らしいですね」

本物の赤子と対面したような丁重さで、老夫婦は順番に人形を手にとった。

御所人形の歴史は三百年前までさかのぼる。宮中で愛玩されたことから、「御所人形」と命名されたが、近年になると「白菊《しらぎく》」「白肉《しらじし》」「拝領人形」といった他の呼び名でも知られるようになった。

つくり方も職人や種類によって異なる。シンプルな木彫りもあれば、桐の粉を粘土状にしてつくる桐塑《とうそ》や、原型を石膏《せっこう》で型どりする張り抜きもある。正風がつくる御所人形は、土を焼いてつくる陶胎《とうたい》だった。

いずれも共通するのは、真っ白な肌と大きな頭部である。また子どもたちの健やかな成長を願うという、いつの時代も普遍的で切実な願いが込められてきた。子どもに降りかかる災難を、代わりに背負ってくれるという言い伝えもある。

「多くの方が、お孫さんのために買って行かれますよ」

正風が言うと、妻がはじめて口を開いた。

「あの子のことも、守ってくれるかしら」

正風の視線を察して、彼女は「じつは」と語りはじめる。

「うちの娘は妊娠中から体調を崩しがちだったんです。難産で生まれてきたあと、孫の複数の臓器に疾患が判明しました。まだ歩行もままならないのに、つぎが三度目の手術になるんですよね。本当にかわいそうで、孫も娘も」

声を詰まらせる妻から引き取って、夫が明るくつづける。

「孫のためだけじゃなく、娘のためにも、人形をいただきたいと思っています。御所人形の贈り先に年齢制限があるわけじゃないでしょう？」

「もちろんですよ」

正風はほほ笑みを返した。

代わりたくても代われない苦しみを和らげようと、せめて心の支えになるなにかを贈りたい。そんな人々の気持ちに応えるために、正風はこれまで人形をつくってきた。古くから伝統的な人形は、子どもが遊ぶ玩具として以上に、贈る人、贈られる人、それぞれの想いが宿される器として愛された。

夫婦は「ありがとうございます」と頭を下げてこうつづける。

「じつは僕たちが、ここで人形を買うことにしたのは、ある評判を聞いたからなんです。若柴さんがつくった御所人形を買えば、子どもの災難が取り払われる、という評判です。僕に教えてくれた知人のお子さんは、もともと身体が弱かったのに、人形を大切にしていたら元気になったと言うんです」

夫は顔を上げて、探るように正風を見た。

「偶然ではないでしょうか」

正風が頭に手をやると、夫は「そうですか」と肩を落とした。

「非科学的なことを言って、驚かせてしまいましたね」

「いえ、大丈夫ですよ」

正風はあたたかい眼差しを向けながら、驚いてはいなかった。最近そうした評判を聞きつけてやって来る人が、また少しずつ増えていたからだ。正風はそのたび余計な期待を抱かせないように、慎重に誤解をとく。

「お知り合いのご子息が快復されたのは、その子自身に強さや生命力があったからです。たまたま私のつくった人形が、その子に贈られていただけで。誰かの幸せを願う心は尊いですが、私は超能力者でも医者でもありませんので」

「そうですよね」

ちょっと残念そうに夫婦は肯いた。

自分の人形に関わるふしぎな噂を、いちばん信じていないのは正風本人だった。たしかにどの人形も、贈られる子どもの健やかな未来を祈って、手間暇をかけて妥協せずに完成させる。しかし御所人形は精神的な「お守り」でしかない。

それに、子どもの幸せと御所人形のあいだに、本当に因果関係があるならば、なぜあんなに残酷で取り返しのつかないことが、自分の家族にだけ起こったのか。

2

日が傾くと、霧が去って晴れ間がのぞいた。ヒグラシの声とともに、山風が田んぼの若い稲をゆらし、土と青葉の香りを漂わせる。

正風の店の向かいには、通りを挟んで一面の畑がある。店先の暖簾を下ろしに行くと、持ち主である深野《ふかの》家の奥さんであるキヨさんが、つばの広い麦わら帽子をかぶり、手ぬぐいを首に巻いて、籠《かご》いっぱいに野菜を集めていた。

「今日も精が出るね」

キヨさんは正風の姿を認めると、作業の手を止めて「おかげさんで」と答えた。

都会育ちだった過去が嘘のように、農作物の世話をするキヨさんは楽しそうだ。それが野菜づくりの秘訣なのか、伝統的な有機農法でつくられた深野家の京野菜は、市内のあちこちの料亭に直接卸されている。実際、賀茂《かも》なす、桂瓜《かつらうり》、万願寺《まんがんじ》とうがらしなど、どれもびっくりするくらい美味《おい》しい。

「これ、持って行ってください」

小さな籠を、キヨさんは掲げた。

鮮やかな緑色のキュウリが何本か入っていた。シャキシャキした食感が見た目から伝わってくる。

「いつも悪いね」

「私たちだけじゃ食べきれませんから」

キヨさんはそう言って、健康的に笑った。

「そうそう、正風さんに紹介したい子がいるんです」

キヨさんは思い出したように言うと、畑の遠くに向かって、「ノア！　ノア！」と大声で叫んだ。畑から顔を出したのは、手足がひょろりと長く、小麦色の肌をした男の子だった。くりっとした目や巻き毛は、二十歳そこそこに見える。

「最近うちの町内で、外国から若者を受け入れて、彼らに技術を教えませんかっていうポスターが何枚か貼られていたでしょう？　私たちの畑は後継者もいませんし、夫もいよいよ農作業に出るのが大変になってきて、子どももそれぞれの仕事で忙しいみたいなんで、夏の短期間だけですけど、彼に手伝ってもらうことにしたんですよ。フィリピンから来たノアくんです」

「こんなに山奥まで、わざわざフィリピンから？」

えらい時代になったもんや、と正風は目を丸くする。麓《ふもと》のスーパーやコンビニでも、カタカナの名前が記されたバッジをつけた子を多く見かけるようになった。ノアは籠を慎重な手つきで地面に置き、こちらに小走りでやって来た。

正風に向き合うと、小さく頭を下げた。

「よろしくおねがいします」

「日本語、お上手《じょうず》ですね」

ノアは恥ずかしそうに肩をすくめ、白い歯を見せて笑った。高齢化が進んでいる町内にさわやかな風が吹きぬけたように感じた。正風は目を細めて、「時間があるとき、うちの工房にもおいで」と言った。


その週末、正風が工房で人形づくりの作業を進めていると、細い参道に面した窓の向こうから、視線を感じた。ノアが通りから作業を覗いていた。正風は道具を机に置いて立ち上がり、窓を少し開けた。

「さっそく来てくれたんやね」

ノアはぺこりと頭を下げた。

正風は裏口から外に出て行き、ノアを作業場に招き入れる。

作業場には、素焼きされたばかりの人形が並んでいた。京人形のなかには、嵯峨《さが》人形や宇治《うじ》人形といった木彫りのものもあれば、伏見《ふしみ》人形のような陶土を焼いて絵付けをする土人形もある。正風の家は代々後者をつくっている。

その工程は、土を捏《こ》ねたり型に押しこんだりして形をつくる段階、その形を窯《かま》で素焼きする段階、出来上がった素地に色を付けて仕上げをする段階の、三つに大きく分けられる。他の制作方法も存在するが、正風はこれを今も守っている。

御所人形以外にも、さまざまな種類の人形があるが、どれも色鮮やかで、ユーモラスな造形だ。遊び心にあふれた色使いやデザインは、先代とは異なる正風の人形の大きな特色である。伝統人形はともすれば古臭くて怖い印象を持たれがちなので、見た人に楽しい気持ちになってもらうことが大事だと思うからだ。

——正風さんがつくる人形は、顔が幸せそうで、丸みもあって優しげだから、お店に置いておくと、みんなが励まされるんです。私もどんなに大変でも、頑張れます。元気をもらった分、私も正風さんを応援しますから、これからも人形をつくってくださいね。

市内で料理店を営んでいるお得意様から、そう言われたことがある。

季節ごとに新しい人形を買い求めてくれるお客さんもいれば、ふらりと立ち寄った登山客が土産《みやげ》代わりに買ってくれることもある。お詣りした寺で護符や置物を買って帰るのと、よく似た感覚のようだ。なかには店頭の人形に手を合わせていく人もいる。生活の必需品ではないが、そういうお客さん一人一人の心が正風の人形店を支えている。

「それぞれの人形には、それぞれの謂《いわ》れがあってね。たとえば、この子どもにはどんな意味があると思う？」

正風は作業机のうえに、人形をひとつ置いた。

ふたつに割った饅頭《まんじゅう》を、両手に持っている子どもの姿である。頬にえくぼをつくり、照れくさそうに立っている。

ノアはちょっと考えてから「たべることがすき？」と答えた。

「たしかに、この子は食いしんぼうやろうな」と正風は笑う。「でも正確な答えは、人からお母さんとお父さんのどっちの方が好きかと訊かれた子どもが、手に持っていた饅頭を割って、このどちらの方が美味しいですかと訊き返した、という逸話がもとになっていてね。だから饅頭を食べている人形を贈られた子どもは、賢くなるという言い伝えがあるねん」

へぇ、とノアは目を輝かせた。

「こういう人形を、縁起物といってね」

子どもに鎧《よろい》を着せた「若大将」、立身出世を祈るための「こいのぼり」、魔除《まよ》けの色とされる赤が全身に塗られた「金太郎」――正風はつぎつぎに並べていく。また、そのとなりにある七福神のひとつ、幸福の神である「布袋《ほてい》」を手に取った。まるまると突き出たお腹と、担いでいる大きな白い袋がトレードマークである。

「布袋は家内安全と商売繁盛を願うための人形で、神棚に飾られるのが習わしでね。それが叶った翌年には、前年よりも少し大きな新しい布袋を追加する。だから神棚には、大小さまざまな布袋が並んでいくわけや」

そういった縁起物の他に、節句人形もある。節句という文化は、ゆたかに巡る四季のなかで育まれた。桃の節句、端午の節句、お正月。わけても子どもが主役になる節目には、五月人形やひな人形など、子どもに人形を贈る風習がある。

正風の話を、ノアは真剣な面持《おもも》ちで聞いていた。

人形に興味を抱いていることが伝わったので、正風は工房の奥にある、古い木型を保管している倉庫に案内した。その倉庫には、こつこつとつくり溜めてきた、人形の型がずらりと並んでいる。

正風はそのうちの、弁当箱ほどの大きさの型を手に取り、ノアに見せた。

「こういう型から、形をつくっていくねん。少しずつ改良や修復を重ねながら、最新の形になるわけや。だからどの形も、一朝一夕《いっちょういっせき》にできたんじゃなくて、長い月日と苦労の延長に、ちょっとずつ完成されている」

ふたたび工房に戻ると、ノアは最後に、とある人形に目を留めた。

「それは、御所人形」

ノアはその人形の前に、吸い寄せられるように近づく。そして、無言の対話でもするように、じっとその人形を見つめていた。他の人形にも関心を示していたが、わけても御所人形のことが気に入ったようだ。

「ひかってますね」

「御所人形は他とつくり方がちょっと違うからね。やわらかな光を帯びた白い肌は、胡粉《ごふん》と呼ばれる貝殻を粉末状にした素材を、何層にも塗《ぬ》り重ねていって、息を吹きかけながら、じっくりと生み出していく。つくるのに時間がかかる分、贈り主の想いがよく反映される人形でもあって――」

話している途中で、とつぜん言葉が喉につかえた。先日客から言われたことが頭をよぎり、忘れることのできない悲しい出来事を思い出したからだ。深呼吸をして、ほほ笑みを浮かべる。こちらを見つめるノアに「よかったら、窯《かま》も見せてあげよう」と正風は明るく声をかけた。

「うちに来たノアくん、いい子でしょう？　独立していった実の子以上に、うちの家内も可愛がっているんですよ。それでね、彼、日本の伝統人形にもともとすごく興味があったらしいんです。日本に来る前から、独学で勉強していたみたいで。よかったら時間があるときに、彼に話をしていただけませんか」

3

深野さんの頼みもあり、ノアに人形づくりを教えるようになった。

言われた通り、ノアは真面目《まじめ》な青年で、日本に滞在中に最大限のことを吸収したがっているようだった。少しでも多くを学んで、祖国にいる家族に恩返しをしたいという気持ちもあるのだろう。

正風はノアに、土の捏《こ》ね方や窯の扱い方を実演してみせた。ノアは要領を摑むのがずいぶんと早いうえに、ひとつ指示されたことを「もういいよ」と言われるまで、根気強く丁寧にくり返すことのできる、職人として重要な資質も備わっていた。

「筋がいいね」

正風が褒《ほ》めると、ノアは白い歯を見せた。

工房では若者が何人か働いていたことがあった。ある者は独立し、ある者は転職した。去って行った若者とノアを重ねながら、正風はふと、自分がいなくなったらこの山里で人形をつくる者はいなくなるのだという事実に思い当たった。

今まで正風は、それもまた運命だと割り切っていた。そもそも人形は、子どもが成長すれば役目を終える儚《はかな》い運命を背負っている。むしろ忘れられること、要《い》らなくなることは、喜ばしい結末とも言える。だから人形師も欲を出してはいけない。

けれどもノアのような若者に出会うと、自分がいなくなったあとも、誰かに人形をつくりつづけていてほしいという想いを、どうしても抱いてしまう。なるほど、深野家がノアを受け容れた気持ちもしだいに理解できた。

人形づくりに興味があるかと訊ねると、ノアは大きく肯いた。

「ぼくのこきょうでも、たいせつですから」

どうやらノアの出身地であるルソン島の山脈地帯の小さな町には、「ブルール」と呼ばれる木彫りの人形が、道のあちこちに飾られているらしい。ブルールは現地語で「人形」という意味らしく、スマホで写真を見せてもらうと、うずくまった子どもを縦に引き伸ばしたような姿だった。大小さまざまで、十センチほどの小ぶりな置物もあれば、五十センチほどの立派な像もある。

ブルールは五穀豊穣《ごこくほうじょう》を祈ったり、地域の子どもの霊を祀《まつ》ったりするために、代々大切に世話をされるという。年長者のなかには、ブルールの前で手を合わせ、お供え物をする人もいるのだ、とノアは説明した。

路傍《ろぼう》や街角に佇む日本のお地蔵さんと同じではないか。

地蔵菩薩《ぼさつ》は本来、親よりも先に死去した子どもの霊が、賽《さい》の河原で苦しまず、無事に成仏できるように手助けをしたという。それが民間信仰で「子どもの守り神」になり、にこやかなお地蔵さんとして愛されるようになった。

そうして正風は、農作業の合間に工房に遊びに来るノアと心を通わせていった。ノアは人形づくりを教わる代わりに、正風の農作業もてきぱきと手伝ってくれた。仕事の合間に、ノアは自分のことを話してくれた。

すると偶然にも、ノアの実家も農家をやっているだけでなく、人形づくりを行なっていることが分かった。ブルールは豊作を祈る捧げものでもあるので、昔から農民によってつくられた。だからノアの父もブルールを彫っていたという。

この山里は故郷に似ている、とノアは言った。たしかにスマホで地名を検索すると、青々とした稲穂のそよぐ棚田の画像がヒットした。旅行者向けの情報サイトを読むと、その地域は山の急斜面に開拓された棚田で有名なのだという。

「人形づくりと農業、か」

正風はしみじみと呟いた。

四季を通じて、さまざまな変化を遂げるところや、成長しては送り出されるというサイクルをくり返すところなど、たしかに両者は共通点も多い。だから正風は畑や庭をいじることで、感性を人形づくりに還元していた。


ブルールの話を聞いて、正風はある場所にノアを連れて行きたくなった。それは観光客もほとんど来ない、山奥のひっそりとした小さな寺だった。この辺りはもとは風葬の地だったと言い伝えられ、今では永遠の別離を悲しむ祈りの場として、この世とあの世の境界として、地元の人々に知られている。

「ここは？」

ノアは門をくぐるとき、躊躇して訊ねた。

「水子供養《くよう》のお寺や」

「みずこくよう？」

「子どもの霊が、ちゃんと成仏できるように、手助けする場所やね」

境内《けいだい》には、周辺から出土したおびただしい数の石仏、石塔が、剣山のように見渡す限りを埋め尽くしていた。それらの石仏は、千年以上前に寺が建立されて以来、死者とともに葬られたものだという。何百年という時を経て無縁仏になってから、明治中期に集められ、今のような光景が生まれた。

仏たちはどれも、子どものように小柄で、あらゆる罪を浄化させるような、慈悲の表情を浮かべている。だからいつしか子どもを亡くした人々が、故人と対話し、生きている自分を見つめ直す場になった。月末には、参拝者が蠟燭《ろうそく》の灯を仏前にひとつずつ点火し、失われた小さな命に想いを馳せるための場となる。

本堂で手を合わせ、竹林を抜けて散策するあいだ、ノアは静かだった。

やっと口を開いたのは、ひと通り参拝を終えてからだ。

「ここには、よくきますか」

ノアは真剣な面持ちで訊ねた。

「年に一度はね」

「なぜ？」

「子どもが生まれることと、子どもが亡くなることは、正反対のようで、じつは紙一重のものやから、かな」

ここに来るたび、正風は人形師という仕事について考えさせられる。人の命はイチかゼロではない。正風は人形をつくるなかで、そう感じてきた。亡くなった命もまた、残された者の心のなかで生き続ける。生まれてこなかった命も同様だ。

そのことを誰かに言ったことはない。人形づくりに捧げた人生のほとんどの時間を通じて、感覚として摑んだ考えなので、うまく言葉にする自信がなかった。むしろ言葉にできない哲学を深めるために、正風は人形をつくっていた。

ノアはなにか言いたげな表情で、正風を見ていた。ノアの茶色がかった目は、凪《な》いだ海面のように、揺れや曇りなく澄み切っていた。視線を合わせていると、すべてを見透かされているような心地になる。

「むかし、あなたの――」

ノアがそう呟いたとき、雨粒がぽつりと頰を打った。湿度の高い風が吹きぬけて、またたくまに上空を分厚い夏の雲が覆う。無数の地蔵たちに、まだら模様ができあがり、あっというまに辺《あた》りは濡れそぼった。

二人は寺の軒下で、しばらく雨宿りをすることにした。

境内に人気《ひとけ》はない。ほんの一瞬、正風は自分が今、夢を見ているような心地がして、胸が騒いだ。本当の自分は眠りについていて、今目に見えている世界はすべて、記憶を継《つ》ぎ接《は》ぎにした幻影ではないか、と。

大粒の雨がさあさあと、夏の山を濡らしていく。

「ぼくのふるさとでも、こどもがたくさんしにました」

雨の寺で、ノアは話しはじめた。

故郷のブルールづくりは一度廃《すた》れた伝統だったという。復活したきっかけは、ノアが生まれる前に起こった大洪水だった。地元の学校がまるごと流され、大勢の子どもが亡くなった。自然が元の姿に戻っても、遺された家族は深い悲しみに沈んだままだった。

村のためになにかできれば、と地元の農家が古いブルールを参考に、新たなブルールをつくりはじめた。それ以来、不思議と大雨に悩まされる回数は減り、事故で亡くなる子どもも少なくなったという。だから人々は小さなブルールを家に持ち帰り、お守りとして大切にするようになった。

「それで、人形に興味があったん？」

正風が訊ねると、ノアは肯いた。

最初のうち、ノアはブルールの意義をよく理解していなかった。古臭い神頼みと決め込み、深く知ろうともしなかった。しかしノアの父は、この村だけではなく、世界中に存在する尊い文化なのだと説いた。ノアは京都に来て、正風の工房を見学させてもらい、そのことを実感しているらしい。

「だから、きてよかったです」

そう言って、ノアは白い歯を見せた。

いつのまにか、雨は小降りになっていた。

4

他の人形と違って、御所人形には「ぬぐい」という工程がある。

光りかがやく白い素肌を生み出すために、塗り重ねた胡粉を綿の布で優しくぬぐう。胡粉を塗って、乾かして、ぬぐって、を三十回ほどくり返す。いちばん重要であり、いちばん根気が要る作業でもあった。

正風は子どもの頃、この工程に取り組んでいた父のうしろ姿をよく眺めた。

徐々に人の姿に近づいてきた人形が、父に抱かれて、光を込められていく。ピカピカと発光するわけではなく、光の加減によって、微妙に光沢を放ちはじめるのだ。お父さんはあんなに小さなものに、魂を吹き込んでいる――。地味で単調な作業だったが、幼いながらに感じるものがあった。

盆を過ぎた頃、ノアにも「ぬぐい」を教えることにした。

「均一に、丁寧に、ね」

ノアは真剣な面持ちで、何時間でも「ぬぐい」に取り組んでいた。二人並んで、御所人形をぬぐいながら、正風はノアがつくった人形が、いずれ誰かの子どもに寄り添うところを想像する。

「ふしぎなちからがある、とききました」

人形をぬぐいながら、ノアは言った。

どうやら深野夫婦から、正風の人形についての、あのいたずらな評判を聞いたらしい。正風の御所人形を子どもに贈れば、その子どもはすくすく育つという評判だ。最近またその評判が出回って、この店を訪れる人が増えている。

「信じられへんやろ」

正風が苦笑すると、ノアは即座に首を左右にふった。こんなに丁寧につくられているのだから、そんな力があってもおかしくないとノアは付け加えた。正風は礼を伝えたあと、しわだらけの手に視線を落とした。朝から晩まで、実直に人形づくりに取り組んできた手だ。

「でももう潮時かな」

ノアは顔を上げて、正風を心配そうに見た。

最初にその評判が立ったのは、今から三十年以上前だった。注目を集めた正風の人形は、新聞でも取り上げられ、全国から問い合わせを受けるようになった。しかし正風自身は、とつぜんの評判に戸惑うばかりだった。その直前に、自身は子どもを亡くしていたからだ。

正風も妻も四十代になってからの授かりものだった。しかし娘は二歳のとき、大人が目を離した隙《すき》に、通り沿いの水路で溺《おぼ》れて亡くなってしまった。いつ娘が家の外に出たのか、あれほど柵を施した水路になぜ落ちたのか。警察が検証を行なったが、不運に不運が重なったとしか言いようがなかった。

それから一日たりとも、正風は彼女のことを忘れたことがない。生きていたら何歳になるかも、いまだに数えている。そんな娘を弔《とむら》うことこそが、水子供養の寺に毎年通い、人形師をつづけている本当の理由だった。

ただし今となっては、地元の人々以外、その事実を知る者はほとんどいない。口に出すのもつらい過去であるだけでなく、子どもを守るための人形づくりを生業《なりわい》としているのに、自身の子どもは亡くなったことを話すわけにはいかないからだ。

自分の子どもさえ守れなかったのに、他人の子どもを守るための人形をつくれるのだろうか。そう思っていた矢先に、その評判がまことしやかに囁《ささや》かれはじめた。工房にやって来る人のなかには、必死の想いを抱えている人も少なくなかった。

――うちの子どものために、どうかつくってください。

――正風さんの御所人形を、孫に贈ってやりたいんです。

人形師である以上、依頼主の想いを無下にするわけにはいかない。正風は彼らの期待に応えようと、一生懸命に人形をつくった。おかげで人形を授かった何人もの子どもが、病気から快復したという知らせを受けた。

はじめは戸惑ったが、いつしかその評判が救いになった。

うちの子は守れなかったが、他の子どもを守ることはできる。そのことが深い悲しみの底にあった正風の心を、かろうじて浮上させた。後悔はしきれなくても、人形をつくりつづけることが贖罪《しょくざい》となった。

――あの子のためにも、人形をつくって他の子を幸せにしましょう。

妻は正風を励ましてくれた。

しかし子どもが亡くなったあと、妻のなかでなにかが決定的に損なわれ、それが元に戻ることは二度となかった。たとえば、ふと妻の方を見ると、ぼんやりと窓の外を見ている。その横顔は声をかけられないほど、以前とは別人のように痛々しかった。

夫婦で同じ経験をしても、痛みや悲しみを完全に共有することはできないのだ、と正風は無力にも思い知った。

還暦を迎える前に、妻は風邪《かぜ》をこじらせて肺炎になり、入院した先で容態《ようだい》が急変して、あっというまに亡くなった。

そうして正風は、家族を失った。

人形をつくることが、そんな彼にとってたったひとつの支えだった。人形づくりがなければ、彼はとっくの昔に駄目になっていただろう。一人でも多くの子どもに人形を捧げ、親たちの不安をやわらげることが、彼が寿命をまっとうする唯一の意味だった。

――人形師は、自分が腹を空《す》かせていても、人の喜びで空腹を満たすもの。

駆け出しの頃、父から聞いた言葉だが、まだ若かった正風は、その真意を理解できなかった。人のためを第一に考えられることが、よき人形師への近道なのだ、と父は説いた。いつしか正風は、その言葉を嚙みしめるようになった。

しかしこの工房にある人形たちに命を吹き込むためには、相当の覚悟とエネルギーを保っていなければならない。年々孤独が深まり、身体が衰えていくとともに、正風は終わりのことばかり考えるようになった。

5

九月のはじめ、ノアはフィリピンに帰って行った。

山里は落ち葉に包まれ、それらが土に還っていく香りで満たされた。枯葉の揺れる音が聞こえるほどに、静寂は深まった。正風は自らがいなくなったあと、誰にも迷惑をかけないための準備をはじめた。

引退を決めたとたんに、身体のあちこちが、そろそろ休ませろと主張せんばかりに痛み出した。材料の仕入れ先や長年の得意先に工房を閉めることを知らせると、全員が惜しみつつも「本当にお疲れさまでした」と労《ねぎら》ってくれた。

ずっと孤独だと感じてきた。でもじつは大勢の人の支えがあったからこそ、長く人形師をつづけられたのだ。そう実感し、正風は改めて皆に感謝をした。

長いようで短い職人人生をふり返りながら、在庫の棚卸《たなおろし》を行ない、譲れるものは誰かに譲り、それ以外は処分した。寂しさはあったが、やり残したことはない。それだけでいい職人人生だった、と正風は満足していた。

庭で古い道具を整理していると、深野夫婦から声をかけられた。

「ずいぶんと年季が入っていますね」

「半世紀近く使ってたから、もう休ませてやらんとね」

夫婦は顔を見合わせ、しみじみと呟く。

「本当に、引退なさるんですね」

「私たちの息子にも、人形を贈ってくださいましたよね。間近で正風さんの仕事を見てきたこともあって、本当に気に入っていました。このあいだお盆に帰って来たとき、孫にも見せていたんですよ」

「ありがとう」

正風は穏やかにほほ笑むと、片づけを再開させた。

山が白い笠をかぶり、登山に訪れる人もめっきり減ると、正風はそれまで受けていた仕事をこなす以外、新規の仕事は一切受けなくなった。節分を終えた頃には、きっとすべてが終わるだろう。

大晦日《おおみそか》の近くになって、夏に工房を訪ねて来た夫婦から電話があった。

「御所人形の件では、大変お世話になりました。おかげさまで、孫は手術のあと、周囲を驚かせるほどに治癒《ちゆ》しまして、今ではよく笑います。先生の人形がなければ、こんなに早く家にも帰れなかったはずです。どうやってお礼を伝えればいいのやら」

「お礼なんて、もう十分ですから」

「いえ、本当に、娘も工房を訪ねたいと申しています。家内とも話しまして、先生の五月人形もぜひ注文したいと思っていまして——」

「お言葉は有難いのですが、申し訳ないことに、もう私は引退して、この工房を閉めることにしたのです」

「え、お身体でも悪くなさったのですか」

「そういうわけではないのですが」

言い訳している気分になり、正風は会話の途中で電話を切った。


新年を迎えると、ノアから一通のメールが届いた。先月ノアは故郷で許嫁《いいなずけ》と結婚し、めでたくも子どもも授かっていることが記されていた。添付された写真には、コロニアル調の聖堂を背景にして、手を取り合って笑う若い二人がうつっている。

久しぶりに晴れやかな気分になった正風は、パソコンを閉じて工房に向かった。ノアの幸せを祈るために、どうしても特別な人形をつくりたくなった。これが最後の御所人形だ。そう思いながら、新たな型をつくって胡粉を塗り重ねる。

ノアのために完成させた人形は、今にも動き出しそうな自然で愛らしい仕草や、赤い衣装のよく似合う素肌に加えて、表情が生き生きとしていた。最後にして最高の一体かもしれないと正風は満足した。しかもどことなくノアの面影がある。

いまだにこんな人形をつくれる気力が残っていたとは、自分でも驚きだった。

〈ご結婚、おめでとうございます。私にとって、最後の御所人形を、どうか受け取ってください〉

そう書き添えて、国際便で発送した。


ノアから三十センチほどの箱が届いたのは、梅の咲く頃だった。正風は引退したとたんに体調を崩し、自宅で一人臥《ふ》せっていたが、山里には春の気配が漂いはじめていた。箱をあけると、なんとも奇妙な人形が現れた。

以前、ノアから見せてもらったブルールに違いない。

木肌に白い顔料を加え、何度も磨《みが》いたのか、表面に光沢がある。形には愛嬌があって、正風のつくる陶土を焼いた土人形にも似ている。日本とフィリピンの人形を融合させたようなハイブリッドな見た目だった。一人で立派につくり上げたノアを、正風は心のなかで褒《ほ》める。添えられた手紙には、こう記されていた。

〈先日は、素晴らしい御所人形をありがとうございました。わたしの妻も家族も、心から喜んでいます。お礼に、自分なりの人形をつくりました。父から教わった技術と、正風さんから教わった精神を、混ぜ合わせてつくったものです。

この人形をあなたではなく、ある少女に贈りたいと思います。

じつはわたしは正風さんに、どうしても伝えたいことがあるのです。

日本に行くことにした本当の理由です。

それは農業の技術を学ぶためでも、日本の文化を学ぶためでもありません。子どもの夢を見たからでした。その子どもは、あなたがつくる人形のような、愛らしい女の幼児でした。少女はわたしに、京都のとある山里に来てほしいと言いました。

その山里こそ、わたしがひと夏を過ごした正風さんの工房のある山里です。運命の導きのように、深野さんの農家で実習生を募集していると知りました。父に相談すると、そこに行くべきだと背中を押してくれました。

数ヵ月後、ふたたび夢のなかに同じ少女が現れたので、わたしは少女に実習生に決まったことを報告し、なぜそこなのかと訊ねました。すると彼女は、山里で工房を構えている人形師を訪ねてほしいのだ、と答えました。試しに、その人形師のことをインターネットで調べたら、たしかに実在すると分かりました。

じつは我が家のブルール職人には、子どもの霊が見えるという秘密の力がありま す。お話しした通り、洪水が頻発してしまう故郷の村には、そこらじゅうに子どもの霊が彷徨《さまよ》っていました。だから農業を営むわたしの家では、霊の声に耳を傾け、彼らの姿を人形にし、その魂を弔ってきました。

そんな力があるからこそ、霊はわたしの夢に現れたのかもしれません。

はじめてあなたの工房にお邪魔したとき、霊と再会しました。それ以来、わたしが一人になると必ず現れて、声をかけてきました。対話を重ねるうちに、彼女のことを少しずつ理解しました。彼女は見た目こそ少女でしたが、発言は大人びていたので、精神年齢はもっと上のようでした。

彼女は人形師のために、工房でつくられた御所人形の贈り先である子どもが、すくすくと育つように毎日祈っているそうでした。いわく、この世の人間が祈るよりも、霊が祈った方が何倍も効果的なのだそうです。どうしてあなたの人形を贈られた子どもが健康に育っていたのか、これで本当の理由をお分かりいただけたと思います。

お察しと思いますが、少女の正体はあなたの娘さんでした。

でも彼女は、自分のお父さんが他人の子どもにばかり人形をつくっていることを、寂しく感じている様子でした。また、お父さんが他人の幸せを願うあまり、自分の幸せを考えることを忘れてしまっている、しかもそれは自分のせいだと思う、と。

水難事故で亡くなったと本人から聞きました。きっとお父さんはそのせいで自分を責めているけれど、お父さんもお母さんもなにも悪くない、と彼女は言っていました。むしろ勝手に外に出て、成長した姿を見せられなかったことを心から謝りたいそうです。

このままでは、あなたと霊がすれ違ってしまう。だから思い切って、わたしの秘密を打ち明けることにしました。

わたしがつくった人形は、彼女に——あなたの大切な方に贈ります〉

6

「今年もまた暑くなりそうですね」

窓の向こうに広がる山の緑を見ながら、ノアは言った。故郷よりも乾いた、この季節の風は「薫風《くんぷう》」というのだ、とキヨさんがさっき教えてくれた。日本語には美しい言葉がたくさんある。そう思うたびに語彙《ごい》は増え、今回の来日では、発音もずいぶんと聞き取りやすくなったと褒められた。

「ほんまに、かなんわ」

そう言いつつも、キヨさんは嬉しそうだ。あまりにも猛暑だと大変だが、涼しすぎても野菜にはよくないからだろう。

「お葬式にあんなにたくさんの人が集まるなんて、さすが正風さんね」

「正風さんの人形は、大勢の人を幸せにしていたんですね」

「人形師として五十年以上頑張ってらっしゃったんだもの。それにノアくんが国に帰ってからも、一時期引退するとおっしゃって休んでいたけれど、気分が変わったらしくて、また人形づくりをはじめてらっしゃったの。死ぬ間際まで毎日工房に腰を下ろしていたんだから、大往生《だいおうじょう》よね」

そうですね、とノアは視線を落とす。

正風の訃報《ふほう》をキヨさんから受けて、ノアは久しぶりにこの山里を訪れていた。また挨拶に行きたいと思いつつも、子どもを養うために忙しい日々を送っていた。もし正風の病気について知っていたら、一刻も早く来たのにと悔しさが募る。

「キヨさんは、正風さんの病気をご存知だったんですか」

「まさか。誰にも言わずに、治療も受けず、運命にゆだねて亡くなった。あの方らしいと言えば、あの方らしいけどね」

親族のいない正風の葬式は、深野さんのご主人が取り仕切り、キヨさんはそれを手伝った。ノアも二人を助けて働きながら、こんなことしかできないなんてと悲しかった。するとキヨさんが深呼吸をして言う。

「そういえば、数ヵ月前にたまたま工房を窓から覗いたら、正風さんが変わった木彫りの人形に笑いかけてたのよね。まるで会話でもしているような空気が流れていて、どうしたのかと思っちゃった。なんだったのかしら」

ノアがつくったブルールに違いなかった。正風は気に入ってくれていたのだ。すると窓の外から、「ダディー！」と呼ぶ声がした。涙をさり気なく拭いて、ノアはキヨさんに断って外の畑に出た。

初夏の畑では、眩《まばゆ》いほどの新緑が風に揺れていた。フィリピンから連れて来た自らの娘を見つけたノアは、近づこうとしてぴたりと足を止めた。こちらに駆け寄って来る娘が、誰かと手をつないでいたからだ。

娘のとなりにいるのは、いつかの夢に現れた少女だった。その手には、ブルールが握られている。娘の手を離すと、少女は山に向かって走り出した。少女の行先を悟り、ノアは大声で呼び止める。

「お父さんによろしく」

少女はふり返り、ほほ笑みを浮かべながら薫風にふわりと消えた。

香港山水

深夜を過ぎても、工事は終わらない。閉め切った窓越しにも、金属を打つ音ははっきりと届いた。

九龍《クーロン》半島沙田《サーティン》地区に位置する火炭《ホータン》は、コンクリートの高層ビルが林立する香港《ホンコン》随一の工業地帯だ。企業の倉庫や工場が建ち並び、労働者が昼も夜も汗水垂らし働いている。成龍《シェンロン》のアトリエは、そんな一区画の十階にあった。

「香港という街を山水に見立てた、現代の水墨画家、か」

美術雑誌のページの見出しを、昊天《ハオティエン》は声に出して読んだ。彼のもう片方の手にはブルーアイスの缶がある。窓辺に立っている成龍は、床に並べられた空き缶を数える。これで六本目。「水を飲んでいるみたい」と揶揄《やゆ》される香港地ビールのブルーアイスだが、すべて昊天が一人で空けた。

「おまえもえらくなったよな」

昊天が見ているページには、成龍のインタビュー記事が載っている。彼は内容をじっくりと読んでいるように見えるが、酒に強くない彼がこれほどにアルコールを摂取して理解できているのかは分からない。

昊天は満足したように雑誌を閉じると、ウレタン製の黒いマスクを鼻の上まで引っ張りあげた。そして立ち上がって、アトリエの壁のあちこちに貼り散らされたドローイングの前に歩み寄る。絵ハガキほどの紙から、ポスターより大きいものもあるそれらは、大きな画面に広げるための習作である。

街の情景や頭に浮かんだイメージの断片の素早いスケッチが多く、具象的なものは少ない。ほとんどがでたらめに墨を筆で散らしたり、文字に似ているが判読できない形象を描きつけたりした、抽象的な落書きだ。

だが不思議にも、筆致を壁に貼っておくと、そうした形態のなかに、岩や山、雲や高層ビル群といった景色が、ふいに立ち現れる。日々変化する自分の心を鏡のようにうつし出すところが水墨画の魅力だ。ただの線が自分の意図を追い越して、なにかに変貌するのを待つために、成龍はそれらを並べていた。

「ここに来たばかりの頃がなつかしくなるな」

昊天はふり返らずに言い、成龍は同意する。

大学卒業後すぐ、火炭を芸術家の町にしようぜと昊天が誘ってきた。一昔前のニューヨークのソーホーみたいに、と。ソーホーはかつて、多くの芸術家がアトリエを構える倉庫街だったらしい。成龍は格安で借りられるなら、と即座に乗った。あの出来事以来、悲しみに打ちひしがれる両親や祖父母と、猫の額のようなアパートで暮らすのは、息が詰まりそうだったからだ。工場が出す排気ガスのせいで住民の咳が年中聴こえる火炭も、呼吸がしやすいとは言い難いが、成龍にとっては天国のように感じられた。

独りになりたい。

それは、成龍が芸術を志した理由だった。

たったひとつの理由と言ってもいい。

人口過密な都市。スマホを持つだけで情報が押し寄せる時代。一人きりの時間を確保するのはとても難しいけれど、筆を動かし頭に浮かぶイメージのなかに居るあいだは、身体《からだ》がどこにあっても外界から遮断できる。

「結局、おまえみたいなやつが一番強いんだろうな」

唐突に言われ、成龍は面食らう。

「外の世界なんて、おかまいなしだろ」

「そういうわけじゃないけど……なにかあったの」

「そうだな」

「今までと真逆のことを言うから」

引きこもりがちな成龍の姿勢に、昊天は学生の頃から批判的だった。

彼にとっての「いい作品」とは、アトリエの外に出て、社会の問題から目を背けず積極的にそれと関わり、行動を起こしていくもののようだった。だから政治的な活動にも臆せず参加していたが、成龍はいくら誘われても足を運ばなかった。

「俺はおまえのことが、羨《うらや》ましかったんだよ」

吐き捨てるように言い、ふり返った昊天の目は充血している。

長年の友人は深く息を吸うと、喉に引っかかった厄介な塊《かたまり》を、ひと思いに出し切るように早口で言った。「おまえのことをよく思っていない仲間がいるんだ。俺たちの敵に作品を売るようなやつは香港人じゃない、裏切り者だって。でも——」

そこで口をつぐむと、昊天はドアの方に向かった。

狼狽《うろた》える成龍の方を見ずに、声をひそめて「おまえはおまえらしくいろよ」と言い残したあと、アトリエを出て行った。

＊

香港の冬は寒い。彩華《ツァイファ》は引っ越して来るまで、そんなことすら知らなかった。本土の北部で育ち、香港のような南の地域では、人々は年中半袖で暮らしているものだという漠然としたイメージしか持っていなかった。実際には、九月から徐々に暑さは和らぎ、年末には雪が降ることもあった。

彩華の自宅は、香港島南部の浅水湾《レパルスベイ》にある。かつては香港一美しいビーチと呼ばれ、セレブに愛されたリゾート地だったという。しかし今では汚れやゴミが目立ち、とくに二月は寒々として、道を歩いている人もほとんどいない。

バスから降りて、石造りの坂道を上がっていく。途中で来た道をふり返ると、岩肌が露出した浜辺を望めた。海は暗く、水平線には霧がかかっている。山間部の多い香港は、人が住めるところが少ないので地価も高い。たしかにこのエリアも、山と海に挟まれた切り立った坂道に、所狭しと高い建物がそびえ立っている。その様は、地震のない地域とはいえ、少しでも衝撃が加われば崩れ落ちてしまいそうに危うい。

重たい買い物袋を両手に下げた彩華は、磨きあげられた高級車の並びを横切る。自分も車で移動すれば楽なのだろうが、本土と違う左側車線に慣れない。大理石のアプローチをのぼると手入れのされた生け垣の向こうに、マンションの入り口が見えた。カードキーをかざすと曇りひとつないガラス製の自動ドアが開く。

このマンションに住むと決めたのは、夫の俊熙《ジュンシ》である。短期滞在者が多く利用し、プライバシーが厳守されるという点が決め手となったようだ。俊熙はプライベートに立ち入られることを極端に嫌う。北京《ペキン》に住んでいた頃も、知人から招かれることはあっても、自宅でパーティをひらいたことは一度もなかった。

ここに住んで半年が経とうとしているが、夫が望んだように、他の住民とすれ違ったことは、今まで数えるほどしかない。彩華は人口過密といわれる都市に暮らしながら、自分たちの他に、誰も住んでいないのではという妄想《もうそう》に囚われることもあった。じつは彩華は夫と違い、人との交流を楽しみたい社交的な性格だった。しかし三ヵ月ほど前、やっと香港での生活が落ち着いて、ひそかに新たな人付き合いをはじめようとした矢先に、デモ隊と警察の大規模な衝突が起こった。

それ以降、街にもこのマンションにも、さらに人の気配がなくなっている。つながりのあった数少ない駐在妻たちは早々に本土へと戻り、香港人の富裕層コミュニティとも距離ができた。そのうえ夫の職業柄、自分たちが危険にさらされる可能性もあり、必要以上の外出を避けている。

二人が暮らす部屋は、最上階の角部屋である。五十平米を超えるリビングでは、晴れた日のこの時刻になると、大小の島々や船が浮かぶ浅水湾に沈む美しい夕日を望むことができるが、この日は霧に遮《さえぎ》られてなにも見えない。

大きな窓の前に立った彩華は、ほとんどの香港人が、このリビングの半分にも満たない空間で、共同生活を強《し》いられていることを思い出す。しかし裕福な家庭で一人娘として生まれ育った彩華には、リアリティがまったくない。リモコンでカーテンを一斉に閉め、キッチンに向かう。

食材を冷蔵庫にしまい、夕食の準備をはじめる。つくるものはどれも義母から教えられたレシピだった。すべては夫の望む献立と味付けで、焦がしたり見た目を損ねたりしないよう、細心の注意を払う。この日は遅くなると聞いていたが、七時を回る前に鍵が開く音がして、彩華は急いで玄関に向かった。鞄《かばん》を受け取ると、「先にシャワーを浴びたい」と言われた。

俊熙がジャケットを脱ぐのを手伝いながら、彩華は「分かった」と答える。俊熙がシャワーを浴び終えた頃には、テーブルのうえに料理を完璧に並べることができた。グラスに赤ワインを注ぎ、「お疲れさま」とねぎらう。

「本当に疲れた」

　俊熙はこちらを見ずに無表情で言い、テレビのスイッチを入れた。

　地元のニュース番組が流れる。広東語《カントン》は不得手《ふえて》だが、テロップとして流れる文章なら、だいたい意味は分かる。黒いマスクをつけた若者が、繁華街で警察隊から不当な暴力を受けたと報じられていた。ここから十キロと離れていない見慣れた市街地で、バリケードが築かれ催涙ガスの白い煙が立ち込めている。

　彩華は皿に取り分ける手を止めて、その非日常な光景に見入った。普段スマホで受け取る情報のほとんどが、本土の放送局によって北京語で報じられたものである。香港人が暴徒化し、街をめちゃくちゃにしていると糾弾していた。しかし目の前の映像では、香港人は雨傘で対抗するか、ただ街を練り歩いているだけだった。

　しばらく前から、この街では夜間の外出、家族以外との集会が禁じられている。場合によっては罰則を科され、逮捕もあり得るという。

「くだらない」

　俊熙は冷たい口調で言って、チャンネルを替える。

「事実を歪《ゆが》めて報道をするやつらも全員、逮捕すりゃいいんだ」

「そんなこと、できるの」

「できるさ。中国に属するんだから、従うべきだろう」

俊熙は日頃から、香港人を憎んでいる。

早く本土に帰りたい、というのが彼の口癖だ。

一方彩華にとって、香港は好きでも嫌いでもない。夫に連れて来られなければ、一生住むことはなかっただろう。でも早く出て行きたいというわけでもない。本土への帰属意識も希薄だからだ。

「へんな味がする」

魚の揚げものを口に運んでいた夫が呟き、彩華はテレビから即座に視線を戻す。

一口食べる。ミスなく正確に調理したはずなのに。

「へんだよ、やっぱり」

夫は不満げに言って、ため息を吐いた。

謝罪をしたが、返事はない。

彩華は身構えたものの、夫からそれ以上責められることはなく、胸を撫《な》でおろす。

香港では多くの家庭でメイドを雇っているが、俊熙の意向で、彩華がすべての家事をこなしている。そもそも自分たちが見合いをしたのは、仕事に没頭していた人見知りの息子を支えられる、家庭的な女性を彼の両親が探していたからだ。彩華は家柄もよく、自らが社会に出て働きたいという欲求よりも、専業主婦としてパートナーを支えたいという願望が強かったので、花嫁としては適していたのだろう。

その期待に応えるべく、自分はあまり美味しいとは思えない義母のレシピを再現してきたことは、本土に暮らしていた頃、夫にも義母にも好評だった。しかし香港に引っ越してから、少しずつ歯車が狂うようにして、ことあるごとに夫からの文句や些細《ささい》な注文が増えていた。攻撃的な言葉を投げつけられるときもある。

俊熙は料理の半分ほどを残して席を立った。


食事を片付けたあと、彩華はシャワーを浴びた。こんな風になってしまったのは、いつからだろう。手のひらをへその下にあてた。

——いずれの検査も正常値ですね。

結婚する前のブライダルチェックで、婦人科の医師からそう言われた。目立った問題もなく、十分に妊娠できる身体ですよ。俊熙はその結果を喜んでいる様子だった。

思い返せば、いっそ決定的な原因が見つかった方が、よかったのかもしれない。

結婚して二年目から、彩華は専門のクリニックで高度医療を受けたが、治療のために処方されたホルモン剤は、吐き気をはじめとする副作用をもたらした。まだマシな方ですよと医師から励まされて治療に長いあいだ取り組んできたが、結果が出ないまま香港に移住した。香港人の病院は信頼できない、という夫の意見で今は治療を中断しているが、彩華は薬の弊害のない日常が戻ってきたことに内心ほっとしていた。

――子どものいない人生も、ひとつの答えだと思うの。

あるとき彩華がそう提案すると、俊熙は苛立《いらだ》ったように答えた。

――俺は結婚する相手を間違えたってことか？

返事に詰まった。

誰とも悲しみを分かち合えないことが一番つらかった。中国では不妊を恥とする風潮があり、とくに後継ぎを必要とする家庭では、多様な生き方が推奨される今でも、そうした悩みを打ち明けること自体がタブー視される傾向がある。やがて彩華は俊熙から蔑《さげす》まれていると感じはじめた。調べるうちに、中国以外の国でも、古来子どもの産めない女にはさまざまな蔑称《べっしょう》がつけられてきたことを知り、彩華はますます自分の意見を言えなくなった。

寝室に入ると、俊熙はパソコンとスマホを同時に操作していた。「今日も、私はリビングで寝ようか」と彩華が提案すると、「そうだな」と曖昧《あいまい》に肯く。クローゼットから布団を出していると、背後から「あの件、考えてくれた？　美術品の件」と訊ねられた。

「うん、いい作品を見つけたよ」

「買っておいて」

俊熙はパソコンから顔を上げず、彩華に指示した。

どんな作品で、どんな人が描いたのかも訊かずに。

俊熙の父親は、中国の骨董品や近現代アートをコレクションしている。その世界では、けっこう名が知れているらしい。俊熙からの指示で画廊に行ったときも、義父の名を出すと、対応がガラリと変わったほどだ。

つい先日、義父は息子に自分でも美術品を買うことを勧めた。節税にもなるし、せっかく東洋随一のアート市場のハブである香港に住んでいるのだから、と。俊熙は「親父の言うことはいつも気まぐれだけど、逆らうわけにはいかない」と言って、彩華にめぼしいものを探させていた。

「分かった、明日連絡しておく」

話すことはそれだけだというように、俊熙は手を振った。

彩華はリビングのソファベッドに布団を敷き、電気を落とした。すると窓の外が、明るい光に包まれていることに気がついた。カーテンから外を覗くと、いつのまにか分厚い霧は晴れ、夜空に月が浮かんでいる。

彩華の脳裏に、幼少期の思い出がよみがえった。祖母は家によく書画を飾っていた。母は、義母にあたる祖母の慣習を嫌ったが、彩華は日によって画題が変わることに興味を抱き、その見方や誰が描いたのかを訊ねた。

祖母はこんなことを言った。

——水墨画では、描かれたものを見るのではなく、描かれたものを通して、自分の心を見ることが大事なんだよ。

自分の心を見る。そういう意味では、あの水墨画は、彩華の心を見事にうつし出した。俊熙の指示で、気まぐれに選んで訪れた画廊だったが、彩華の心は動かされ、しばらくその前から離れられなかった。

彩華の身長は優に超える大作で、遠目では、古典的な山水画に見えた。でも近づくと、墨のぼかしのなかに、高層ビルの林立する香港らしき街が仔細に描写されている。終末の廃墟と前世の郷里とのあいだを行き来するような光景が。

山水は、つねに流転しつづける森羅万象を表すという。その水墨画は、再開発をくり返すこの都市の本質を表していた。また都市のなかで生活する人々も、浮草のように漂っている。ある人は香港を経由して別のどこかへ旅立つ。ある人は彩華と同じく一時的に暮らしている。生まれてからずっと香港にいる人でさえ、未来は分からない。彩華は緻密な山水画のなかに、自分が生きている気がした。

＊

古い倉庫ビルに吹き込む隙間風が、今シーズン一の寒気の到来を告げていた。

その日火炭のアトリエでは、朝から打ち合わせが行なわれた。成龍をグループ展に参加させたいと考えているパリ在住のキュレーターが、たまたま香港に滞在しているということで、火炭のアトリエまで足を運んでくれたのだ。

成龍は所属画廊の担当者である美齢《メイリン》とともに、キュレーターにひと通り作品を見せたあと、三人で駅前のレストランでランチをした。「このお店、黄色でも青色でもないみたいだからよかった」と、美齢はスマホを見ながら呟いた。

美齢は万が一のことを想定して、店に入る前にアプリでその店の色を確認しているようだ。最近、デモ支持派を意味する黄色と、親中派を意味する青色で、街中の店が色付けされはじめていた。ランチのあと、フランス人キュレーターと別れ、成龍は美齢と二人だけでアトリエに戻った。

「あのグループ展、断ったらどうですか」

美齢はソファに腰を下ろし、ため息を吐きながら言った。

「今更ですか」

「だってあのキュレーター、成龍さんの作品についてなにも調べてないどころか、こちらの意思をまったく尊重してくれなかったじゃないですか。そもそも成龍さんのこと、数合わせみたいに考えてそう。なによりフィーも安いし」

美齢の率直すぎる物言いに、成龍は苦笑いをした。

数合わせ——十分自覚しているつもりだった。相手が成龍のことを商業的にはそこそこ成功した、似た作品を量産するコマーシャル作家として見ていることも、なんとなく察していた。でも改めて口に出されると、徒労感が肩にのしかかる。

美齢には悪気がなくても、こんな風に面食らう場面があった。たとえば、ギャラリー以外での展覧会を準備するとき、彼女をメールのccに入れたりLINEのグループに加えたりすると、必要以上に介入してきて話がややこしくなる。

でも彼女の率直さのおかげで助かっている部分もあった。それに指摘したところで人の性格や態度は、そう簡単に変えられない。こちらが慣れてうまく付き合うしか方法はないのだ。成龍はなるべく美齢の想いを忖度《そんたく》しながら答える。

「向こうもいろんな制約のなかで、企画を通さなきゃいけない。僕を選んでくれただけでもありがたいと思いましょう」

「それはそうですけど、成龍さんも次のステップに進まないと。いつまでも新人のつもりでグループ展の依頼を受けていたら、マーケットでもその程度かって見做《みな》されちゃいますよ。長く生き残るためには、もったいぶることも大事っていうか——」

成龍はこのやりとりをつづけることが面倒くさくなり、話題を変える。

「それより、フェアで売る作品を見にきたんですよね」

「……そうでした」

「この二点を制作中で、出品するつもりです」

「へー、ちょっと作風を変えました？」

「そうですかね」

「そんなに悪くはないですけど、普段はもっと密度があるじゃないですか。ま、でもひとまず撮影して、上司に送ります」

密度で作品の良し悪しを判断するのかと引っかかったが、成龍はなにも言わない。

「ところで、このあいだのうちでの個展、けっこう評判よかったですよ。新規のコレクターが来ていくつか作品を買ってくれたおかげで、オーナーの機嫌もよくて。それでオーナーからの提案なんですが、今度のアートフェア後のパーティで、成龍さんをそのコレクターに紹介させてもらえませんか」

成龍は眉をひそめた。

「すみませんが、パーティは苦手なんです」

「そんなこと言わないでください。ていうか、もうオーナーはその気になっていて、コレクターにも話しちゃったんですから」

いつにも増して強引で、成龍は辟易《へきえき》する。

今までコレクターと会って、いい思いをした例しは一度もない。彼らのコレクションの自慢話をされるか、アートの知識をひけらかされるか、共通の話題がなさすぎて気まずい沈黙をやり過ごすか、そんなところだった。

「作品を売るのは、僕の仕事じゃないですし」

「そうですけど、ただ会って、話をするだけでいいんです。やっぱり現代作家って、オールドマスターと違って、つくった人本人に会えることが醍醐味じゃないですか。それに成龍さん自身が気に入られれば、パトロンになってもらえるかも」

高額な取引をするアート市場の消費者は、非常に限られている。少ない牌《はい》のひとつでも多くを摑んで離さずにいれば、アーティストもギャラリストもやっていける世界だ。しかしそんな不確かな隷属関係のために必死になるなら、数年前までつづけていた工事現場の日雇いを再開させる方が健康的だし、自分らしくいられると成龍は思っていた。

「オーナーには、僕から謝りますよ」

「待ってください。そのコレクターの方について、誤解なさってると思います。話しやすそうというか、私たちと同世代の人ですよ」

「同世代のお坊ちゃんですか」

成龍が言うと、美齢は首を左右にふった。

「女性です」

もっと厄介そうだ、と気が重くなる。

「はっきり言って、この状況ですから、うちも経営がかなり厳しいんです。この先どうなるのか、誰にも分かりません。だから私たちも必死なんです。少しくらい協力してくださってもいいでしょう」

「協力してるつもりですよ、作品をつくることで」

「それだけじゃ足りません。営業もしてください」と美齢は厳しく言った。

成龍はフランス人キュレーターが残していった、彼の作品を都合のいいように言語化した表面的な企画書を見ながら、「分かりました」と折れた。

アートフェア会場に隣接するイギリス系の高級ホテルのなかに入ると、アロマや香水の混じり合った落ち着かない空気に包まれた。それだけで、成龍は自分が場違いなところに来てしまった気分になる。

終了時間が間近に迫ったフェア会場から、人が絶えず流れてくる。ホテルの二階にあるパーティ会場前のホールでは、世界中から集まった愛好家たちが、おそらくフェアで目にした作品を肴《さかな》に談笑している。

スマホで美齢にメッセージを入れると、すぐに迎えに行きますという返信があった。しかしなかなか彼女は現れない。世界中のアートコレクターが一堂に会するフェアは、いわば美術作品の展示即売会だ。一日に何人もの顧客を相手にし、作品を売りさばくギャラリストの忙しさは、成龍の想像を超えているのであろう。十五分ほどして現れた美齢のテンションは高い一方、表情には疲れが滲《にじ》んでいた。

「遅くなってすみません、いろいろあって」

「お疲れさまです」

「正直、売れ行きがよくないんですよね」

自分に言い聞かせるように話しながら、美齢はスマホを一瞥した。

成龍が所属する画廊は、二十人近い作家を抱えている。しかし最近オーナーは経営不振のせいか、作家から直接作品を預かって売るプライマリー・ギャラリーとしてのリスクを回避し、作品の転売で安定した儲《もう》けを得るセカンダリー・ギャラリー的な事業の方に、関心の比重をうつしているようだ。

オーナーからお荷物と見做《みな》され、契約を切られた作家もいるらしい。成龍自身もいつ切られてもおかしくない。それでも生計を立てられているのは、美齢が熱心に推《お》してくれているからだろう。そんな彼女からの頼みだからこそ、この営業を断れなかった。

「例のコレクターは遅れるそうなので、もう少し待ってください」

と言った美齢に、奇抜な服装をした白人男性がシャンパンを片手に英語で話しかけてきた。美齢と他愛のないやりとりをしながら、彼は成龍をちらちらと見る。その視線を察した美齢は、すかさずこうフォローする。

「彼はうちで扱っている作家なんです」

名前を告げても、彼は成龍のことを知らなかった。どんな作品をつくっているのかと問われて、成龍はうまく説明ができず、スマホで画像をいくつか見せた。最初はうんうんと相槌《あいづち》を打っていたが、そのコレクターはつねに周囲を気にし、まったく真剣に聞いていないことが伝わった。けれども美齢が先日オークションで落札された結果を見せると、多少の関心を抱いたらしく、買える作品のリストを送ってほしいと言った。

作品が売れることはすごく嬉しいけれど、こうしたやりとりが成龍をどこか複雑な気持ちにさせるのだった。残念ながら、ほとんどのコレクターが作品を買うのは、作品に特別な力のようなものがあるからではなく、誰かがその価値を保証したからだ。その保証をつくりあげるのは、作品そのものとは遠く離れた場所で生じる、有力者の一言や偶然の数字だったりする。いい作品とよくない作品を明確に分ける基準なんて存在しないのかもしれないけれど、仮にそれがあるとすれば、売買の結果とは本質的なところで無関係な気がしてならなかった。

白人男性が去ったあと、美齢はスマホを確認して笑顔で言った。

「いらっしゃったみたいです」

「分かりました、ここで待ってますね」

階下に降りていく彼女のうしろ姿を見送ったあと、額に手をやった。ここに来てから、さまざまな音や言語が大音量で押し寄せて頭痛がしていた。周囲にいる人たちの多さにも酔うし、五感すべてにおいて情報が多すぎる。それにこうした場所で、自分の作家としての運命が翻弄《ほんろう》されているかと思うと、この状況を楽しむ余裕はまったくない。知り合いの絵描きは以前、フェアに行くのがとても好きだと話していたけれど、成龍は一刻も早くアトリエに帰りたかった。

まもなく美齢が一人の女性を連れて戻ってきた。成龍は相手の顔もろくに見ないで頭を下げた。美齢が北京語で「こちらは彩華さん」と紹介し、彼女は小さく会釈《えしゃく》をした。

「彩華さんの旦那さんは、中国国内で物流事業を行なっている会社の次期社長で、お父さまは有名なアートコレクターでもあるの」

美齢は意気揚々《いきようよう》と、会社の名前を口にした。中国では誰もが知る大企業だった。成龍は驚いて、彩華の顔を見る。派手さはないけれど朗らかな表情と、黒いシンプルなワンピースからのぞく手足やきれいな立ち姿から、健康的だなという第一印象を持った。成龍の代わりに、美齢はしゃべりつづける。

「彩華さんは北京近郊ご出身で、香港に来て一年も経っていないんですって。慣れていないのにこんな状況になって大変でしょう？」

美齢が問うと、彩華は首を左右にふった。

「まったく影響がないと言えば嘘になりますが、夫の仕事で香港に来たこともあって、生活の範囲はもとから狭いので、それほど大変ではありませんよ」

「そうですか」と美齢は深く肯いたあと、「もし私たちにできることがあったら、なんでもおっしゃってくださいね。お力になれれば幸いです」と力を込めて言った。そしてしばらく会話をつづけていたが、いっこうに入ってこない成龍を見かねたようだ。

「彩華さんはあなたの作品を四点も買ってくださったのよ」

「ありがとうございます」と成龍はお辞儀をした。

すると思いがけず、彩華は「こちらこそ、恐縮しています」と答えた。

「恐縮？　どうして」と美齢は訊ねる。

「なんていうか……あの作品は私の心を動かしたように、他の人の心も動かしていたかもしれないのに、購入することで独り占めしてしまったんじゃないかと心配で。ご本人に会うと、余計に申し訳なくなって。喜んでもらえるならいいんですが」

一瞬ぽかんとしたあと、美齢は慌てて答える。

「喜ぶに決まってるじゃないですか！　作家だって霞《かすみ》を食べて生きているわけじゃあるまいし、生活がかかっているんです。彩華さんのようなコレクターに応援してもらえるからこそ、活動を続けられるんですよ――」

そのとき、美齢のスマホが鳴った。画面を確認すると、美齢は彩華に向かって、媚《こ》びるように手を合わせて言う。

「大変申し訳ございませんが、別の対応をしなければならなくて、少しのあいだ席を外してもよろしいですか」

彩華が肯くと、美齢はお辞儀をしてから、パーティ会場のなかに入っていった。成龍は彩華とともに取り残され、気まずい沈黙が流れる。彩華の表情を盗み見ると、その視線が自分の手に向けられていることに気がついた。

「なにか」

「本当にあなたが描いたんだなって。墨で汚れてるから」

「すみません、一応洗ってはきたんですけど」

成龍が困ったように言うと、彩華は「いえ、素敵だと思いますよ。それに、ここでは誰も気がつかないだろうし」と気さくな調子で答えた。

「僕のなかでは、どれも自信作でした」

はじめて自分から発した成龍の言葉に、彩華はとびきりの笑顔を見せた。

「光栄です、そんな素晴らしいものを購入させてもらって」

「いえ、とんでもない」

じつは、と言って彩華はアート作品を買うことがはじめてで、専門的な知識も持ち合わせないため、自分がよいと思ったものでいいのか不安だったという話をした。だから自分の選択に間違いはなかったと肯定してもらえて、とても嬉しい、と。ここに来るまでは作家本人に会うことも人生初なので、失礼があったらどうしようと緊張していたとも話してくれた。

「もともと水墨画がお好きなんですか」

成龍が訊ねると、彩華は目を細めた。

「私の祖母が、よく家に飾っていたんです。そして水墨画は、見たものをそのまま表現するんじゃなくて、見えないものをどう漂わせるかが問題なんだと教えてくれました。見る人がそこに自分を投影できる水墨画ほど素晴らしいんだって。成龍さんの作品の前で、その言葉を思い出したんです」

彩華の瞳を見つめながら、成龍は反省した。先日火炭を訪れたフランス人キュレーターよりもずっと作品を理解してくれている。そう思うと心の壁が取り払われ、親しい友人と話すように自然と会話をはじめていた。

「成龍さんは、なぜ水墨画を？」

「生粋《きっすい》の引きこもりなんですよ。今みたいなバーチャルの時代に、物質性の強い素材にこだわって絵を描いたり、彫刻をつくったりするやつって、引きこもりじゃないとつづかないですから。最初は油絵を描いていたんですが、墨の方が自分にとって馴染み深いし、色や表現に制約がある方が性に合っていることがだんだん分かってきて」

彼女は相槌を打ち、先を促す。

「それに姉の存在も、大きかったかもしれません。彼女は書画が好きだったんです。五つ年齢が離れていたんですが、しょっちゅう美術館に連れて行ってくれたり、図書館から借りてきた画集を見せてくれたりして――」

そこまで言ってから、成龍はふたたび押し黙る。なぜこんなことを、初対面の相手に話しているのだろう。彼はその姉を、高校生のときに亡くしていた。そのせいで両親は今も悲しみに暮れている。成龍はどんなに親しくなった相手でも、姉がいたことについては滅多に話さなかった。

「いいお姉さんだったんですね」

彩華はまっすぐに見つめ、ほほ笑んだ。

肯きながら、成龍は姉の面影を彼女に感じていた。

＊

高層ビルのあいだを走り抜けるタクシーのなかで、彩華は窓ガラスの表面をすべる水滴を目で追いながら、成龍とのやりとりを反芻《はんすう》していた。はじめは不愛想で警戒心が強そうな人だなと感じたが、少しずつ心をひらいて話をしてくれたことが嬉しかった。なにより商売相手としてではなく、一個人として信頼してくれたような印象を持った。

しかし気になることもあった。姉の話をしたあと、成龍の表情が曇った。踏み込んで訊ねていいものか迷っていると、戻ってきた美齢から、別に紹介したい人がいると声をかけられた。

――お会いできて、よかったです。

成龍から手渡された名刺には、メールアドレスとアトリエの住所が記されていた。

――九龍半島にあるんですね。

――そうなんです。学生時代に友人から誘われたので、もう随分経《た》ちます。

彼のアトリエは、いったいどんな空間なのだろう。そこでどんな風に構想を練り、書画の世界を生み出していくのだろう。彩華は想像を巡らせながら、作品についての詳しい話ができなかったことが残念だった。

この辺りでいかがですか、と運転手から声をかけられ、われに返る。時計を見ると、すでに夜七時を過ぎていた。余裕はないが、急げば夫の帰宅前までに夕食の準備が間に合う時間だった。


ドアを開けた瞬間、血の気が引いた。

照明のついたリビングのソファに、俊熙が腰を下ろしていたからだ。

「ずいぶん早かったのね」

彩華は深呼吸をして言うが、俊熙の背中は動かない。

「ごめんなさい」

「どこに行ってた?」

「買い忘れたものがあって」

「見せろよ」

彩華が黙っていると、俊熙は「どうして嘘をつくんだよ」とふり返った。「この前作品を買った画廊から、パーティに呼ばれたんだろ。出席していた知り合いの経営者から、おまえを見たって連絡があった」

じつは彩華が選んだ作品も、先日香港人が描いたものだと知ったとたんに、おまえに任せたのが間違いだった、親父《おやじ》になんと言われるかと激怒していた。

「でもパーティには、本土から来たコレクターも大勢参加していたわよ」

「だったら余計によくない。俺の立場を分かってるだろ！」

いきなり怒鳴られ、全身が強張《こわば》る。どんなに大声を出しても、この完璧な防音のなされたマンションでは、誰の耳にも届かないだろう。

「……そうね、ごめんなさい」

「今までおまえを見捨てずに、こうやって生活させてやってきたのに」

見捨てる——蔑むような声だった。つまり彼は不妊のことを暗に責めているのだ、と彩華は察した。子どもを産めないお前を見捨てずにいてやっているのに、と。彩華のなかでなにかのスイッチが入った。

「本当に私だけが悪いの？　本当はあなたも、自分に原因があるかもしれないって思ってるんじゃないの」

その瞬間、ものが派手に割れる音がした。俊熙が机のうえにあったガラス皿を、壁に投げつけたのだ。実家にいた頃から大切に使ってきたものだったのに、と思った矢先、彼がつかつかと歩み寄って来た。反射的に逃げようとしたが、髪の毛を摑まれる。頭に強い衝撃を受けて、気がつくと押し倒されていた。床に押し付けられる痛みよりも、屈辱の方が勝っていた。

「二度と今みたいなことを言うな、二度と！」

怒りの理由を集めるように、彼は耳元で罵声《ばせい》を浴びせつづけた。

いかに今日の行ないが間違っていて、お前が俺のおかげで生きていられるか——。

目をつむって苦痛に耐えながら、彩華は彼の仕事が相当追い詰められており、彼が任されている香港支社が、この暴動のせいで甚大な影響を受けていることを理解した。そのストレスの矛先を妻に向けることで、自分を肯定したいのだろう。

また子どもの話題を出したとたんに、夫は豹変《ひょうへん》した。いくら不満があっても離婚したがらない本当の理由は、子どもを授からないのは自分のせいである、という可能性を極端に恐れているからではないか。もし再婚して子宝に恵まれなければ、彼自身に原因があると明らかになる。

やがて気が済んだのか、ゆっくりと起き上がると、何事もなかったかのように、テーブルのうえのスマホを手にとった。彩華はしばらく床に横たわったまま、夫の行動を呆然と目で追いかける。スマホにかかってきた電話に出ると、俊熙は彩華の方を一《いち》瞥《べっ》した。まだそこにいたのかという視線だった。

彩華はゆっくりと起き上がり、乱れた洋服を直した。いつのまにか唇が切れたらしく、フローリングに血が点々と落ちている。たった一時間前、あの青年と言葉を交わしたことが、はるか彼方《かなた》に遠ざかっていた。ただ黙って、髪を掴まれた拍子に倒れた椅子を直し、皿の破片を拾った。


その夜、彩華は眠れなかった。リビングのソファベッドで目を閉じていると、以前俊熙から激しくなじられている場面を、義母に目撃されたことがよみがえった。俊熙の実家で春節の最中だった。親族たちが宴を楽しんでいるなか、二人用に準備された部屋で、俊熙は些細《ささい》なことを理由に声を殺して責め立てた。

そこに偶然入ってきたのが、義母である。空気を察して、義母はなにも言わずにその場からいなくなった。そして翌朝二人きりになったタイミングで、彩華をこう諭《さと》した。

――夫婦の問題って、どちらかが一方的に悪いなんてないでしょう？　あなたにも非があるから、息子もカッとなっちゃうのよ。

しかしどちらかが優位に立つ関係を「夫婦」と呼べるのだろうか。

彩華は一人でベッドから起き出した。部屋の電気を点《つ》けなくても、外の人工的な光だけで十分明るかった。鞄のポケットから、あの名刺を取り出す。そして指先で、メールアドレスをなぞった。

今日会えたことのお礼、作品の感想、彼に伝えたいことはたくさんあった。同時に、彼に送るメールの文面を練っている自分に呆《あき》れる。いったいなにを考えているんだろう。彩華はため息を吐いて、名刺を鞄にしまい、ふたたび身を横たえた。

翌朝、夫が外出したあと、薬局で買ってきた薬を唇の傷口に塗った。ソファに腰を下ろして、何気なくテレビのスイッチを入れる。するとそこにうつし出されたのは、倉庫らしきコンクリートの高層ビルだった。

テレビカメラに向かって、キャスターはこう報道する。

『こちらは火炭の倉庫街です。昨夜、うしろに見えるこの倉庫ビルを中心に、警察とデモ隊の大規模な衝突がありました。警察によると、多様な目的で使用されているこの巨大なビルの一室に、デモ隊の拠点のひとつがあるという情報が入ったため、捜査に踏み切りました。

その際、関係者と見られる若者たちが、警察の立ち入りに対し、家具で入り口をふさぐなど抵抗したため、激しい衝突が起こった模様です。結果、室内からは爆弾の材料となるガソリンなどをはじめ、防護服、バリケード、通信機器などが押収されました。部屋の借主である陳《チェン》昊天を含め、数名が逮捕されました。警察は押収品が、最近起こっている過激なデモの扇動に関連するものかどうかを捜査中です――』

気がつくと、その画面に釘付《くぎづ》けになっていた。まさかと思いながら、パソコンを立ち上げ、成龍からもらった名刺に書かれた住所を、グーグルマップで検索する。ストリートビューにすると、まさに映像に流れていた景色と一致した。逮捕されたのは、合計三人。もし成龍も含まれていたら――。

昨日会ったとき、成龍が運動に関わっているとは想像もしなかった。ナイーブで内にこもるようなタイプだと、作風から勝手に思っていたからだ。しかしネットで調べると、多くの作家がデモに賛同する声明を出している、という記事もあった。この事件に関連する情報を探していくうちに、居てもたってもいられなくなり、彩華はメールを打っていた。

＊

パーティ会場を出たあと、成龍のスマホに母から着信があった。祖父の容態《ようだい》が悪化したので、すぐに来るようにという。タクシーに飛び乗り、祖父の入院している香港島西部の総合病院に急いで向かった。

つい一週間前に見舞ったときは、お土産に持っていった好物のエッグタルトをおいしそうに頬張っていた祖父が、個室のベッドのうえで意識を失っていた。身体のあちこちにつながれた管や、ベッドのすぐ脇で呼吸数や脈拍などを告げる機器が、状況の深刻さを物語っているようだった。

祖父が入院したのは一ヵ月前だ。とつぜん倒れて心配したが、適切な治療のおかげで快方に向かい、そろそろ退院できると言われていた。祖父は厳しい人でありながら、筆で食べていきたいという決心を否定した両親とのあいだに入って、成龍の背中を押してくれた唯一の存在でもあった。

——自分の思う通りに生きろ。けれど、自分がなにをしたいかではなく、なにをすべきなのかという役割だけは見失うな。

祖父は口癖のようにくり返した。日本、イギリス、中国、とそれぞれの支配下に置かれた激動の時代を、たくましく生き延びてきた祖父らしい言葉だ。理不尽な運命にたびたび翻弄《ほんろう》されながらも、香港人であることに誇りを抱いて生きてきた。

幼少の頃から成龍の絵は暗いと周囲から言われたが、今では「光をえがく水墨画家」として知られている。そういった作品を自覚的に生み出すようになったのは、学生時代に祖父からもらった言葉がきっかけだった。

――おまえの絵は、光がえがかれているところがいい。

影をモチーフにすることで光をえがきたい、という成龍本人も意識していなかった根底にある欲求を、祖父が最初に見抜いてくれた。そんな祖父がいなくなるかもしれないという現実は、成龍にとってとつぜん光を奪われることに等しい。祖父の手をそっと握るが、握り返してはくれない。そのとたん、商業的に成功したものを節操なく量産している今の自分が、急にくだらなく感じられた。

本当に未来への希望を、作品に宿せているのか。

そしてそれは、作品を通して誰かに届いているのか。

深夜になっても、祖父の意識は戻らなかったが、いくぶん回復して容態が安定した。成龍はタクシーで両親とともに実家に向かったが、その道中、会話はなかった。あれからずいぶんと時間が経ったが、祖父のいない家族には重い空気が流れるばかりだった。

始発で火炭に戻ると、アトリエのある建物の前にパトカーが数台停まっていた。入り口に向かった成龍を、制服姿の警官が「ここの使用者か」と呼び止める。「そうですが」と答えた成龍に、とある画像をタブレットで見せた。その画像を見て、成龍は息を呑んだ。昊天の顔写真だったからだ。

「この男のことを、なにか知らないか」

反射的に、成龍は首を左右にふっていた。平静を装ってアトリエに向かい、急いでスマホを充電器につないで、電源を入れた。昨夜この建物内で起こった事件について、複数のメディアが報じていた。逮捕されたのだ、と成龍は悟った。

――おまえはおまえらしくいろよ。

今になってふり返ると、彼はこうなることを覚悟して、別れを告げに来たのだ。アトリエにこもって制作している自分を、最後に肯定するために。

成龍は両手で顔を覆《おお》った。

その日から、外部からの情報を遮断して、ひたすらアトリエにこもった。制作途中だった、画廊から依頼を受けていた従来のシリーズや、数ヵ月後に迫った美術館の展覧会に出す予定の新作は脇に置いて、真っ白な紙を準備した。

もう一度、自分が描くべきものがなにかを見つめ直したい。学生の頃、祖父から言われて気づかされた、光をきちんとえがきたい——。そう願って、今自分がすべきことはなにかと自問しつづけたが、一本の線すら引けなかった。

いっこうに筆は進まず、時間ばかりが過ぎた。

やっとの思いで、最初の一筆を置いたとき、アトリエのドアがひらく音がした。

ふり返ると、逮捕されたはずの昊天が立っていた。

「解放されたのか！」

昊天は満面の笑みを向けて言う。

「またアトリエにこもって制作してるのか」

返す言葉のない成龍の方に、昊天は歩み寄る。片手に携えているのは、学生時代に彼が肌身離さなかった、分厚い思想書だった。

「ずっとつづけて、このザマとはな」

驚いて顔を上げると、昊天の顔には多くの痣《あざ》と傷があり、赤黒く腫《は》れ上がっていた。彼はこちらの反応も意に介さず、罵声を浴びせつづける。おまえの絵にえがかれている光は嘘っぱちだ。俺たちの大事な香港にとって、なんの役にも立ちはしない――。だんだんと口調がきつくなり、昊天は胸ぐらを摑んできた。

手に持っていたはずの本は、いつのまにか火炎瓶に変わっていて、昊天はそれを自分たちの足元に叩きつけた。一瞬にして包まれた炎のなかで、おまえも道連れだ、とまた満面の笑顔を浮かべた。

叫び声をあげたとき、目が覚めた。机のうえの真っ白な紙は、汗と涙で破れている。猛烈に外の空気が吸いたくなった。

屋上に出るドアを開けると、眩《まぶ》しさで立ちくらみがした。空には雲ひとつなく、街は明るい日差しに包まれている。汚れた建物の目立つ工場地帯は、光を受けて、強いコントラストをなして輝いていた。汗を拭いて深呼吸をしながら、成龍は思う。

自分を閉じていては、なにも変わらない。

アトリエにこもって制作に集中することと、自分のなかに閉じこもることは違う。そう実感した成龍は、一週間ぶりにスマホの電源を入れた。まもなくメールやSNSの新着を通知するプレビュー画面が表示される。最初に届いていたのは、見知らぬアドレスからのメールだった。

〈昨日お会いした彩華です。火炭でデモに関連した若者と警察の衝突があったことを、ニュース速報で知りました。いただいた名刺を見て、住所が事件現場と一致していたので不安になり、このメールを書いています。一度しかお会いしていない立場ですが、ご無事をお祈りしています〉

成龍はさらに事務的なメールを確認したあと、エレベーターで地上に向かった。久しぶりに光に照らされた景色を見たせいか、街を無性に歩きたくなったのだ。倉庫街の路地を抜けて運河沿いの遊歩道に出ると、一気に空が広くなる。

ベンチに腰を下ろして、彼は悩んでいた彩華への返信を打った。

〈丁寧なご連絡をありがとうございます。普段あまりメールを見ないうえ、制作が忙しくて、気がつくのが遅くなりました。心配をおかけしてすみません。僕は無事です。どうか彩華さんも気をつけてください〉

この一週間にあったことを、何度か書き直したけれど、結局そんな当たり障りのない文面を送信した。

ほんの五分後、返信があった。

〈ご無事と知れて、なによりです。久しぶりに明るい気持ちになりました。じつは先日作品が納品されました。事情があって家には飾れないのですが、いつでも好きなときに見られるなんてとても贅沢《ぜいたく》に思います。はじめてあの絵を見たときに、香港の街そのものだと感じましたが、これからどんな風に見え方が変わっていくのかが楽しみです。

とにかく、早く状況がよくなるといいですね。本土から来た私が、こんなことを言うのも傲慢《ごうまん》かもしれませんが、香港に暮らす人たちの自由が守られ、以前のような活気が戻ることを願っています〉

彼はそれを読むと、ベンチから立ち上がって運河沿いを歩きはじめる。

あの日パーティ会場のホテルで、彼女と話したことを思い返そうとしたが、頭に浮かんだのは姉のことだった。彩華は亡くなった姉に似ている。姉には勉強もスポーツも敵《かな》わなかったし、家族は明るくてコミュニケーション能力の高い姉を中心に回っていた。生きていれば、ちょうど彩華くらいの年齢だ。

成龍はアトリエに戻る道中で、彩華の夫や、彼の会社についてスマホで調べた。本土を拠点としながらも、香港を経由した海外からの輸出入が主な事業であるため、ここ数ヵ月の物流の混乱によって株価は暴落し、大規模なリストラも行なわれる予定だという。

ネットでインタビュー記事が出てくるその人物と、姉に似た彩華が夫婦だという実感は持てなかった。成龍は彩華について個人的で大切なことを、なにひとつ知らないのだなと改めて思った。

アトリエに戻ると、カーテンと窓をすべて開け放ち、一週間のうちに散らかった室内を掃除する。自身もシャワーを浴びると、破れた真っ白の紙を捨て、その代わりに投げ出していた注文や締め切りの近い作品に取り組む準備をした。

あれほど動かなかった筆が、皮肉にも、商業的な仕事に取り組んだとたんに、まるで呼吸をするようにしなやかに走りはじめた。


それから月日は、あっという間に過ぎていった。

四月に入ると、目に見えない巨大な生き物が冬眠を終えるように、一気に本格的な暑さがやってきた。アトリエの窓に広がる工業地帯には、動きの遅い霧が立ち込める日が多くなり、激しい雷雨が定期的に降り注いだ。

デモ隊と警察の衝突も、この暑さに鼓舞《こぶ》されるかのように激化している。

そんな折、成龍の祖父が息を引き取った。

昊天が逮捕された夜に家族で見舞って以来、祖父の意識は戻っていなかった。両親はすでに覚悟をしていたらしく、葬儀は実家の近くのセレモニーホールで、粛々と滞りなく執り行なわれた。

葬儀を終えたあと、彼は一人で火炭のアトリエに戻った。

ビニール傘越しに、見憶えのある女性が建物の入り口に立っているのが見えて、成龍は歩みを止めた。

＊

火炭のある沙田地区は、彩華にとって未知のエリアだった。市民のベッドタウンだというが、九龍半島に用事があっても、南部にある尖沙咀《チムサーチョイ》から旺角《モンコック》にかけての繁華街までしか訪れたことがなかった。

火炭の街並みは、彩華の故郷から数キロ離れた郊外の工業地帯に似ていた。また浅水湾と同じく山の麓に位置し、閑散とした道路は坂になり、降りしきる雨は無数の流れをつくっていた。傘も役に立たないほどの大雨である。

ネットでくり返し調べた建物が、やがて現れた。土砂降りの雨のなか、夜の街に照らされても、その建物だけが暗く、海の底に沈んでいるようだった。

彩華はずぶ濡れになっても、立ちつづけることに疲れても、そこから離れなかった。夜が更《ふ》けて、人通りもほぼなくなったとき、成龍が現れた。彼はその場に立ち止まり、数秒ほど彩華を見ていた。

「どうされたんですか」

「ごめんなさい、突然」

事情を説明する前に、視線が彩華の口元の痣に向けられる。

「とりあえず、なかに入りますか」

彩華は肯いた。

巨大なシャッターの脇にある重厚な鉄扉を開けると、奥が見えないほどの空間が広がっていた。大量のさまざまな荷物が並べられている。それらのあいだを複数のフォークリフトが行き来し、その脇で東南アジア系をはじめ、多様な人種の労働者が、忙《せわ》しなく仕分けや梱包をしているようだった。

「すごく広いですね」

成龍は肯いたあと、「こういう風に物流の拠点に使っている企業もあれば、別のフロアは工場としても使われていたりします。私のように、小さなスペースを個人で借りて住んでいるクリエーターも多いですね」と言った。

彼は奥に歩いていくと、通用口と記された扉を開錠した。その向こうには、業務用ではない小さなエレベーターがあった。格子《こうし》状のドアを手動で開閉する旧式のものだ。十五階まであるボタンは、一部が外れて配線が見えている。成龍は十階を押すと、エレベーターはゆっくりと上昇しはじめた。

「いつ死んでもいいっていう気持ちで、これに乗るんです」

「シュールですね」

言った拍子に切れた唇が痛み、手で押さえる。

「大丈夫ですか」

「見た目よりは深刻じゃないんですよ」

成龍はなにか言いたげだったが、結局黙っていた。

パーティに行った夜から、俊熙はことあるごとに暴力を振るうようになった。彩華はいつキレるか分からない夫に怯《おび》え、眠れない日々がつづいていた。

そして今夜、昼に電話に出なかったという理由で、激しく殴打《おうだ》され、彩華は命の危険を感じてマンションから逃げ出した。俊熙は罵声を浴びせたが、追ってこなかった。雨の降るなか、頼れる友だちも親もいないのだから、どうせすぐに戻ると考えたのだろう。

たしかに街に行っても、今はデモの影響で二十四時間営業だったチェーン店さえも夜間はシャッターを閉ざしていて、雨をしのげる場所はすぐに見つからなかった。ホテルに泊まるという選択肢もあったが、現金はほとんど持っていないし、夫の名義でつくったクレジットカードを使うのも憚《はばか》られた。追い詰められた彩華の足は、自然と火炭駅に向かっていた。

ガタンと大きな音がして、われに返る。エレベーターが停止し、成龍が軋《きし》む格子状のドアを手動で開ける。その先には、天井が高くて細長い廊下がつづいていた。窓の類はなくただドアが並んでいる。埃っぽくてかび臭い。彩華は黙って、成龍について行く。開け放たれたドアのひとつを見ると、シーツのような白い布が、大量にビニール袋におさまり積み上げられていた。

成龍は奥の角を曲がり、さらに廊下を進んで、あるドアの前で立ち止まった。そのドアには、見憶えのあるＤＭが貼ってある。それは彩華が湾仔《ワンチャイ》の画廊で目にした、彼の個展のお知らせだった。ドアの鍵をあけて、彼はなかに招いた。

二十平米ほどの空間だった。衝立《ついたて》のような壁が、空間を半分に区切っている。壁面には何枚もの素描が、マスキングテープで無造作に貼られていた。習作なのか、真新しい一枚もあれば、日に焼けて線の薄くなった一枚もある。また別の壁には、制作途中らしい大きな作品も何点か並んでいた。

「よかったら、これ使ってください」

衝立の奥から戻ってきた彼は、タオルを差し出してくれた。

「ありがとうございます」

「向こうに、男物ですけど、着替えも置いておきました」

衝立の向こうは、ベッドやソファ、小さなキッチンがある、こぢんまりした生活空間だった。彩華が暮らすマンションの、何分の一もの狭さの空間から、あの壮大な作品群が生み出されていることを実感する。

着替えを終えて髪を拭いていると、彼が衝立の向こうから声をかけてきた。

「家から来たんですか」

彩華が黙っていると、成龍は言う。

「その傷は？」

少し考えてから、決心して答える。

「おおごとにしたくなくて。立場のある人だし」

もし俊熙に逆らえば、もっと恐ろしいことになる予感がしていた。俊熙の一族は経済的に力を持つだけでなく、政治的な権力ともつながりがある。また夫の暴力に苦しむ女性のための本土の団体を調べたが、結局は連れ戻されて相手の家族からもっと悲惨な目に遭わされたり、裁判を起こしても証拠不十分と見做されたりする事例も多々あって、この数ヵ月のあいだ耐えてきた。

「ここでよければ、落ち着くまでいてください」

沈黙していた成龍が、衝立越しに言った。

「ご迷惑をおかけして、本当に申し訳ありません。夫にはここにいたことを絶対に言いませんので、一晩だけ泊めていただけると助かります」

返事はなく、彼は制作をはじめたようだった。彩華は息をひそめて、少しのあいだその物音に耳を傾けた。

「なにか話をしますか」

唐突に訊ねられ、「邪魔になるので、大丈夫です」と彩華は答えた。

「会話を止めたいときは、ちゃんと言いますから」

彼の心遣いに感謝して、なにか質問しようとするが、咄嗟《とっさ》に言葉が出てこない。自分は彼のことをなにも知らない。作家として彼がどんな活動をしてきているのかは、ひと通り調べていたけれど、会うのはたったの二度目なのだ。

「ずっとここで描いてるんですか」

「そうですね、起きているあいだは」

「休みなく？」

「不幸な人生ですよね。誰とも会わず、引きこもって」

そう言って、彼は自嘲《じちょう》的に笑った。

「まさか、それは違いますよ、絶対に。だってつくることが好きだから、そうしているんでしょ？　だったら、好きなことに没頭する人生なんて、とても豊かだと思います。今の私みたいな人間からすれば、とくに」

彼はなにも答えなかったが、彩華は話しつづける。

「自立できず、誰かに従って生きるしかない。そういう人間は、声を上げても聞き入れられず、やがて声を上げることを諦めていく。そして足元がいつ崩壊するかも分からない恐怖に、ただ怯《おび》えるだけ。でもあなたみたいな人は、社会がひどい状況に陥ったときにこそ強いんだと思います」

それまで一定に筆を動かしていた音が止んで、深く息を吐く音が聞こえた。

「すみません、知ったような口をきいて」

「自分の思う通りに生きろ」

成龍のとつぜんの言葉に、彩華は衝立の方を見る。

「亡くなった僕の祖父がよく言っていたんです。そうすれば、誰のせいにもせずに済むからって。でも祖父の言うようには生きられないですよね。おまえみたいなやつが結局一番強いんだって、以前にある友人からも言われましたが、僕は強くなんてありません。その友人が逮捕されても、なにもできないし」

「ひょっとして、先日報道された？」

はい、と答えたあと、成龍はこのことを話したくないのか、すぐに話題を変えた。

「もう十分すぎるほど、この街はダメージを受けています。僕が生まれた頃は自由で活気に満ちた、ここに生まれてよかったと思える場所だったのに。今では、まともな感覚を持っていたら住めません」

「あなたもこの街を出て行くんですか」

また筆の走る音がしはじめた。

「今のアトリエの環境が保てなければ、大人しく出て行くでしょうね。暴力はなにも解決しないと僕は思いますし」

暴力という言葉に、彩華は身構えた。

「僕の姉は、十年以上前にデモに参加している最中に、運悪く暴動に巻き込まれて亡くなりました。これこそ、僕が絵描きになった本当のきっかけですが、誰かに話したことは一度もありません」

はじめて会ったとき、姉の話題で悲しそうな目をしたのは、そのせいだったのか。

衝立の向こうにいる成龍は、静かにこうつづけた。

「世の中は暴力で溢《あふ》れているのに、なぜ絵なんか呑気《のんき》に描きつづけているのかとよく問われます。最初のうちは現実逃避でした。でも描きつづけているうちに、僕にはこれしかできないということが分かってきたんです。そして今では、こうした態度が僕なりの社会へのメッセージであり、暴力への抵抗なんだと思っています。あなたもどうか暴力に屈しないでください。僕はあなたのためになにもできないけど、あなたの方法で暴力に負けないでほしい」

どんな顔をして、成龍が話してくれているのかは分からない。おそらく彼が描いた習作のドローイングが飾られた衝立の向こうから、声だけが聞こえてくる。思い返せば、彼との関係は出会いのときからつねに作品を介していた。

彩華はソファに横になり、毛布をかぶった。

暴力に負けないでほしい――。

そのシンプルな一言が、彩華の心のなかで灯台のように光っていた。

頭が冴《さ》えて明け方まで眠れなかったが、いつのまにか寝ていたらしく、おもてはすっかり明るくなっていた。昨夜から電源を切っていたスマホで時間を確認すると、朝の八時になっている。衝立の向こうで、成龍はアトリエの床で寝袋にくるまって眠っていた。

着替えを終えて、お礼を記した置き手紙を残す。これからどのような仕打ちが待っているのか恐ろしいが、一刻も早く浅水湾に戻らなければならない。それに、成龍にこれ以上迷惑をかけるわけにもいかない。

エレベーターで地上に下り、倉庫ビルの外に出る。雨は止んでいたが、湿度の高い強風が吹き荒れていた。深呼吸をして、歩きはじめる。不安だったが、昨晩成龍から言われたことを思い出すと、不思議と勇気が湧いた。工場に通勤する人たちで混雑した火炭駅の改札付近で、聞き覚えのある明るい声がした。

「あれ、彩華さん?」

ふり返ると、ギャラリーで成龍を担当している美齢が立っていた。

やっぱり彩華さんだ、と彼女はほほ笑んで近づいてきたが、彩華の顔の痣《あざ》に気がついたのか、途中で表情を強張らせ歩みを止めた。

「どうしてこんなところにいらっしゃるんですか」

成龍に迷惑をかけないためにも、ここにいることを絶対に誰にも知られたくなかったのに、思わぬ知り合いに出くわしてしまった。彩華が戸惑って口をつぐんでいると、美齢は声をかけた手前、そのまま黙って別れるわけにはいかないと感じたらしく、不自然に話題を変えた。

「この辺り、成龍のアトリエがあるんですよね。午前中に、彼と打ち合わせの約束をしているんです。でも早く着きすぎてしまったから、駅前で仕事でもして時間を潰《つぶ》そうと思っていたんですよ。そうだ、ご興味があれば、彩華さんもいずれご案内しますね」

「いえ、私は……」

歯切れの悪い反応をしてしまったせいで、美齢の顔から笑みが徐々に消えた。

「あの、間違っていたら申し訳ありませんが、成龍のところにいらっしゃっていたわけじゃないですよね？　こんな時間まで」

こんな時間から、ではなく。沈黙は気まずかったが、彩華は堂々としていたかった。だから正直に「一晩泊めてもらっただけです。でもうしろめたいことはしていません」と答えた。

「もちろん、そうでしょうけど……失礼ですが、お顔の傷となにか関係があるんでしょうか」

「いえ、それはまったく関係ないですし、成龍さんにはとても親切に対応していただきました」と答えたあと、意を決し「お願いですから、ここで私を見かけたことを、誰にも口外しないでいただけますか。成龍さんのために」と言った。

しかしその一言にカチンと来たらしく、美齢は口元を歪めた。

「タイミングの悪いところに居合わせてしまったことは謝罪しますが、率直に言わせていただくと、成龍のためにと本当にお考えなら、絶対に一泊なんてするべきではなかったと思いますよ」

そうですよね、と彩華は頭を下げたが、美齢はつづける。

「私は偉そうに言える立場ではないかもしれませんが、個人的に付き合わない方がお互いのためだと思います。彩華さんと彼では、住む世界が違いすぎます。彼が拠点にしている倉庫ビルで、物流に関わる大勢の労働者を見たでしょう？　彩華さんのご家族が経営するような企業から、安価で仕事を請け負っている人たちです。そんな末端の場所で、彼は作品をつくっているんです。それに、ご存じないでしょうけど、成龍はデモのせいで、最近親しい友人を失いました。それだけじゃなく、同じ理由でお姉さんを亡くしています。これ以上、彼に大変な目に遭ってほしくないんです」

「そのようですね、私も美齢さんのおっしゃることに同感します」

すると美齢は意外そうに「本人が話したんですか」と訊ねた。

彩華が肯くと、深いため息を吐いて「そうですか……同感、ねぇ」と冷笑を口元に浮かべながら呟いた。

「私はギャラリストとして、また同じ香港人として、彼とは運命を共にする覚悟で付き合っています。本土からやって来て、気まぐれに作品を買っていくコレクターとのあいだに立ち、彼を守ることも仕事です。そんな私の覚悟を、容易《たやす》く理解していただけるとは思っていません」

「……すみません、決して美齢さんの仕事を軽視するつもりで言ったわけではなかったんですが」

美齢は普段の明るい調子に戻って、「それならいいんです。ちゃんとお伝えしていなかったのはこちらの不手際《ふてぎわ》ですが、うちでは作家とコレクターが直接やりとりすることを好ましく考えていません。トラブルにもなりますし、そういう契約なんです。だから今後もし成龍に用件があれば、彼ではなく私にご連絡いただけると幸いです。私から彼に伝えますので。では、失礼します」と言って、駅の出口へと足早に消えていった。

＊

アトリエに現れた美齢は、いつになく機嫌が悪かった。なにをそんなに怒っているのだと訊ねたら、「火炭駅で彩華さんに会いました」と憤ったように言われた。しかもそのあとで成龍が「だから？」と冷たく反応したのが、よほど気に食わなかったらしい。彼女はアトリエでの打ち合わせだけでなく、そのあと中環《セントラル》地区にある画廊まで小作品数点を一緒に持っていくあいだも、いつもよりずっと無口で態度が刺々《とげとげ》しかった。

用事を終えたあと、彼女の機嫌の悪さに気づかぬふりをして画廊から出たところで、美齢から「待って」と呼び止められた。

「なんですか」

「どうして一泊させたんですか、あの人のこと」

画廊の位置する繁華街では、叫び声や爆竹《ばくちく》の音がときおり聞こえた。

「どうしてって……困っていたから」

「だからってアトリエに連れ込んでいいとは思いませんけど」

「連れ込む？　そっちが思ってるような関係じゃないですよ」

「じゃあ、どういう関係なんですか」

「関係もなにも、会ったのは昨日が二回目です」

「それなのに泊めたんですか」

　打ち明けていいものか分からなかったが、このままでは納得してもらえないので、成龍は話すことにした。

「彩華さんは旦那さんから暴力を受けてるようなんです。昨夜は助けを求めて、うちを訪ねてきました。香港では他に知り合いもいないだろうし、あなたから紹介された僕のことを思い出したんでしょう。それを追い返せとでも？」

　美齢は一瞬身を引いたが、動揺を隠すように口調を強める。

「だとしても、成龍さんが介入するべきじゃない。あの夫婦は近々、本土に帰るそうですし」

「どうしてそんなことを知ってるんですか」

「噂が回るのは早いんです。こんなことになるなら、最初にはっきり言っておけばよかったですね。彩華さんの夫は、今香港をこんな状況に陥れている中国政府と癒着《ゆちやく》した企業のトップですよ。そんな人が長くこんなところにいるはずがない。それにここ数ヵ月、企業はかなり厳しい立場に立たされていて、作品を買ってもらうどころじゃありません。だから親切に営業しても、もう得はしませんよ。ましてやその奥さんに深入りするなんて——」

成龍は心底呆《あき》れて「もういい」と遮った。

「逃げないでください、話は終わってません！」

美齢が引き止めるのも無視して、成龍は歩きはじめた。あの夜、長年の友であったはずの自分に対して、裏切り者という言葉を口にした昊天の苦しそうな表情を思い出す。すぐに電車に乗る気にはなれず、路地をさまよった。

気がつくと音の方向に進んでいた。

何人かの若者が道路の脇に寝ている。なにかがぶつかる音が近いところから届く。成龍の鼓動は速まった。彼らは寝ているのではない。倒れている。その若者のなかに姉がいる錯覚をおぼえ、成龍の動悸は激しくなった。

この街に生まれた若者たちは、情熱を燃やしたがゆえに、これから先もその傷に振り回され、多くのことができなくなるかもしれないのだ。本人だけでなく、その大切な人たちも含めて、この街にはそういう傷を抱えた人が溢れている。

彼らはなにかを成し遂げたのだろうか。

それはまさしく成龍につきまとう問いでもあった。アトリエにこもって作品をつくっていても、誰一人助けられない。かと言って社会的活動にくり出しても、暴力でねじ伏せられるだけだ。くり返し突きつけられてきた事実なのに、何度味わっても虚しさが深まる。

停電が起こっているせいで、この一帯は闇に包まれていたが、光を囲む二、三人の姿があった。近づいていくと、傷ついた若者が懐中電灯に照らされ、介抱されている。ピエタ像さながらに、光を当てられ血を流している若者を見ながら、心のなかで語りかける。

なぁ昊天、この先君がえがいた未来はあるのかな。

写真家

1

空港の到着ゲートから、小柄な中年男性が歩いて来た。

映子《えいこ》は何秒か、その人から視線を外せなかった。ボロボロという言葉が全身にぴったりで、デニム生地の上下も赤いスニーカーも使い古されている。服装だけでなく、顔つき、歩き方、全体のオーラ、すべてがくたびれていた。

荷物を持たず、こちらに近づいてくる。

もしかして、この人こそが——。

瞬《まばた》きもできずにいると、彼の背後から母の声がした。

「映子、お待たせー」

どれだけの距離を移動してきたのか計り知れない、使い込まれたスーツケースを数個のせたカートのうしろから、母がひょっこりと顔を出し、こちらに向かって大きく手をふる。映子はやっと「おかえり」という声を発した。目の前にやって来た母は、明るく訊ねる。

「待った？」

「あ、ううん、そんなには」

映子はたじろぎながらも、無理やり笑顔をつくった。

「よかった、予定時刻より早く着いたのよ。それにしても、六時間のフライトってこの年になるときついわね。しかも座席が壊れてて、倒せなくて直角よ、直角！　あー、お風呂に入りたい」

あっけらかんとした性格の母は、肩をさすりながら言う。

母のとなりでこちらを向いているその人は、おそらく父だ。しかしその視線は虚《うつ》ろで、こちらにピントが合っているようには見えない。マイペースな母もさすがに、映子の動揺を察したらしく、父の肩に手を置いてこう言った。

「あなた、分かる？　映子よ、あなたの娘」

父は一瞬、決まりが悪そうに顔をしかめ、しわがれた声で答えた。

「むすめ？」

父のオウム返しに、映子はどう応じればいいのか分からなかった。娘が存在することなどすっかり忘れていたようだ。たしかに映子の方も、小学校低学年から大学生になった今までずっと会っていないあいだに、別人のように老《ふ》け込んだ父を父として認識するのに、やや時間がかかった。しかし完全に忘却した父は、映子以上にたちが悪い。

「酔っ払ってるの？」

昔の経験から、映子は母に訊ねた。

「ううん。飛行機では、一滴も飲ませなかったもの」

「酔ってないなら、なんで忘れてるのよ、私のこと」

「分からないわよ」

母は責められても困る、といった風に肩をすくめた。

「お母さんのことは分かってるわけ？」

映子は父の方を見て、訊ねた。しかし父は聞こえていないのか、放心状態である。いったいなんだ、なにがあったのだ。シュールな夢なら、早く覚めてほしい。すると父が口を開いたので、なにか大切なことを言い渡されるのかと身構えた。

がかかってきたときのことを思い出していた。

「トイレに行きたい」
「あら、私も行こうかしら」
トイレまで歩いて行く二人の姿を、映子は呆然と見送る。母の方が七つ年下である
が、親子だと思われてもおかしくない。二人を待つあいだ、映子は自宅に一本の電話
がかかってきたときのことを思い出していた。

冬休みが明けてはじめての月曜日、映子はゼミの集まりや就職説明会のために、大
学で忙しく過ごしていた。八時過ぎに帰宅したが、母はまだ仕事から帰っていなかっ
た。姉も残業で遅くなるというＬＩＮＥがあった。
固定電話が鳴ったとき、映子はしばらく放置していた。疲れ切ってテレビを観なが
らくつろいでいたのと、今どき固定電話にかかってくる着信なんて、勧誘か詐欺《さぎ》まが
いの用件くらいだからだ。
しかし放っておいても、着信音はしつこく鳴り響いた。
こんな時間にかけてくるなんて！
疲れも相まって腹が立ち、受話器を上げた。もうかけてこないように、文句のひと
つかふたつでもぶつけてやるつもりだった。

――小鳥遊明《たかなしあきら》さんのご家族でいらっしゃいますか？

思いがけない名前を耳にして、映子は一拍置いてから返事をする。

――そうですけど。

――夜分にとつぜんご連絡を差し上げて、大変申し訳ありません。

電話の向こうの相手は、父の知り合いらしい男性だった。ぺこぺこと頭を下げているのが伝わるくらいの恐縮した口調で、こうつづけた。

――わたくし、国際振興財団の田記《たき》と申します。わたくしどもの財団では、去年の暮れから、小鳥遊さんの海外でのご活動を支援していたのですが、小鳥遊さんが昨夜、滞在先で体調不良になり、現地の病院に搬送されたことが分かりまして――。

えっ、と映子はうわずった声を出した。

――そこで小鳥遊さんから頂戴していたこちらの緊急連絡先に、まずはお電話を差し上げた次第なのです。

――体調不良って、どんな状態なんですか。

映子は訊ねながら、頭の半分では、父が「緊急連絡先」として、この家の電話番号を財団に伝えていたことを、意外に感じていた。父には帰れる居場所が、他にあるのだと思い込んでいたからだ。それとも、気まぐれにこの番号を書いただけだろうか。

――確かなことが申し上げられず、本当に申し訳ございません。詳しいことは、今こちらも現地のスタッフに確かめているところなのです。わたくしも明朝、現地に向かうつもりでおりまして。

深刻そうな口調から、緊迫した事態のようだった。

――あの、そもそも父は今どこにいるんですか。

田記さんはこちらが行き先を把握していないことにはじめて思い当たったのか、はっと息を呑《の》んだ。

――ウランバートルです。

――え？

――モンゴルの。

ああ、と映子は気の抜けた返事をした。どこまでも広がる草原、遊牧民が住む白くて平たいテント、馬といったステレオタイプのイメージが、頭のなかに浮かんだ。電話越しに伝わる緊張感とは対照的で、なんだかおかしかったのだ。先方の連絡先を控えて通話を切ったあと、映子は母にすぐ電話をしたが、パートの最中なのだろう、つながらなかったのでLINEを入れた。その五分後、折り返し着信があった。

――お父さん、倒れたってほんとに？

——向こうの話し方の印象では、本当にヤバそうだったよ。

——あの人、今どこにいるの？

——ウランバートルだって。

——どこ、それ。

——モンゴル。

——ああ。

娘と似たような反応を示した母のことを、映子は笑う。

——笑い事じゃないわよ！

焦《あせ》りと呆れを滲《にじ》ませ、母は電話を切った。

そして一時間と経たないうちに、勤務先の病院から帰宅して荷物をまとめ、翌朝、空港で運よくチケットのとれた一番早いチンギスハーン国際空港までの直行便で、父のもとに文字通り飛んでいった。思い切りのいい迅速な対応に、映子は驚かされた。

ウランバートルはネット環境があまり良くなかったのか、昨晩になってはじめて〈無事にお父さんと合流できました。これから連れて帰るんだけど、荷物があるから、成田《なりた》まで迎えに来てくれない？　詳しいことは、帰ってから報告します〉というメッセージのあと帰りのｅチケットの画像が届いた。

全然「無事」なんかじゃないじゃん――。

映子は、父よりも先にトイレから出てきた母に向かって、心のなかで毒づく。

「ごめんね、お待たせして」

「それはいいけど、どういうことなの？」

「詳しいことは家に帰ってから、ヒカルもいるときに話すけど、お父さん、ちょっと記憶がなくなってて」

「嘘でしょ！　そんな大変なこと、『ちょっと虫歯になっちゃって』みたいな口調で言わないでよ」

「あら、虫歯だって大変じゃない？」

「それはそうかもしれないけど、とにかく私が言いたいのはそうじゃなくて」

「だって深刻に捉えても、仕方ないわよ」

母はさばさばとした口調で答えた。

昔から母は、つねに節約の日々でも、シングルマザーなのは自己責任だなどと心ない人に言われても、その他どんな目に遭っても、悲壮感を漂わせることは滅多にない人だった。その安定したポジティブさに、姉妹は幾度となく救われてきた。

「記憶がなくなった理由は？」

「ウランバートルの郊外にある村で、酔ったまま寒空の下で寝ちゃったらしいのよ。モンゴルのお酒って強いみたいだし、歓迎の意味を込めてたくさん振る舞ってもらったんじゃないかしら。宿泊先までたどり着く前に、道端で力尽きちゃって、病院に運ばれたときは昏睡《こんすい》状態だったって、現地のスタッフさんは言ってた。目を覚ますとも う、自分の名前さえ分からなくなってたんだって」

「それ、自業自得《じごうじとく》じゃん」

「でも命が助かって、本当によかったわ」

母はもう前向きに現実を受け容《い》れているようだ。これまでかたくなに固定電話を解約しなかったのは、父との唯一のつながりを絶たないようにする意図もあったのかもしれないなと映子は思った。

トイレの方を見ながら、母はつづける。

「それに、不幸中の幸いっていうのかしら。ご飯の食べ方とか横断歩道の渡り方とか、生活するうえでの最低限の知識は、一応あるらしいわ。ただし軽い失語症にかかってるみたいだから、落ち着いたら、病院に連れて行かなくちゃね——って、ちょっと！」

母が血相を変えてすっ飛んでいった先では、トイレから出てきた父が、見ず知らずの団体客の方に向かって、挙動不審に近づいているところだった。こんな調子でウランバートルから父を連れて帰ってきた母に同情する。

同時に、姉のヒカルの反応を思うと気が重くなった。

2

空港から発着するリムジンバスに乗り込み、父は窓際の席に、映子はそのとなりに腰を下ろした。通路を挟んで座った母は、発車する前から目を閉じ、うつらうつらしはじめた。映子は父がとなりにいるせいで、なんだか居心地が悪かった。それは父も同じらしく、おもむろにポケットに手をやり、くしゃくしゃの煙草《たばこ》の箱を出す。

「車内は禁煙ですよ」

それでも火を点《つ》けようとした父を、映子は慌てて止める。

すごすごと煙草をしまう父を見ながら、居心地が悪くなったとき、煙草を吸おうとする父の癖をおぼろげに思い出した。膝に置かれた痩《や》せた手は、しわやシミが増え、かすかに震えているけれど、相変わらず大きい。父の愛機、重厚感のある黒いキヤノンF-1をすっぽりと包んでいた手だ。

小鳥遊明《たかなし》――その名前を検索すれば、「日本の写真家、写真評論家」という肩書と、父の詳しい生い立ちを記したウィキペディアの内容がトップに表示されるだろう。東京で生まれ、高校を卒業したあと、写真スタジオで働いた。

父がフリーランスの芸術写真家として頭角を現したのは、広告写真からだった。三十代半ばで仲間とともに写真同人誌を創刊したことをきっかけに、写真スタジオを退社。以来、現在に至るまで、芸術写真の分野で、国内外の賞を数々受賞している。

誰が書いたのか、娘が二人いることも、ウィキペディアには明記されている。

しかしその「小鳥遊明」という写真家が、自分の父だという実感は、映子にはない。映子が小学校に上がった頃から、父は家に寄り付かなくなったからだ。父が出て行った夜のできごとは、生々しく記憶に刻まれている。

映子には父に、たくさんの疑問があった。スマホでいくらでも写真を撮れて、それらがSNSを通じてネットに溢れ返っている今の時代に、なぜ写真を生業《なりわい》にしたのか。家族のことを蔑《ないがし》ろにしてでも撮りたかった写真を、父は撮れたのか。家族との時間を、いや、家族そのものを犠牲にしなければ、撮れなかったのか。

ボロボロになり、挙句の果てには記憶を失ってまで、父が追い求めようとしたものの正体が、映子には想像もつかなかった。窓を見つめる父の白髪は、夕日にさらされて銀色に輝いている。

「飛行機、疲れましたか」

となりに座る父に、映子は話しかける。

「あれは……」

父は質問には答えず、呟いた。

映子は視線を追って、代わりに言葉を当てる。

「空？　屋根？　あ、鳥？」

とり、と反芻したあと、父は口ごもった。

「なんですか？」

「東京は、鳥が多い」

父は単語を区切るように言った。

「ここは東京じゃなくて、千葉ですよ。成田市は千葉県。ちなみに、今からどこに帰るのか分かってますか」

表情を硬くした父を見つめながら、映子は自分が無意識に口にした「帰る」という言葉を反芻する。父は十数年ぶりに帰ってきた。けれども、安心感に満ちたあたたかい響きを持ったその言葉と、今の自分たちの状況には落差がある。

「名前は？」

父からの唐突な問いに、いっそ嘘をついてやろうかと思うが、冗談にならなそうなのでやめる。

「映子です。映画の映に、子どもの子」

「いい名前だ」

「あなたがつけたらしいですよ」

父はややあってから「そうか」と弱々しく言い、さらに猫背になった。

「記憶を失くしたときのこと、憶えてないんですか」

父はなにも答えない。

「たくさんの過去を記録する仕事をしているのに、自分の記憶を失くしてしまうなんて、皮肉ですよね。そういえば、私が長いあいだ使っていたハードディスクも、データを容量ぱんぱんに詰め込みすぎて、なにかの拍子に全部壊れちゃったことがあったな」

最後は会話というより、独り言だった。

映子は、通路をはさんで寝息を立てる母のくたびれた横顔を眺《なが》めながら、家から父が出て行った夜のことを鮮明に思い出していた。

台風の近づく大雨の夜だった。その夜、父は帰ってくるなり、いつにも増して機嫌が悪かった。父は酔っていた。というか、記憶のなかの父はたいてい酔っ払っている。もともとウワバミだったけど、お酒に飲まれるようになったのよ、と母は以前ため息まじりに漏らしていた。

父は思いつめた表情で食卓につくと、母にぽつりと告げた。

――写真が撮れない。

――どうしたの、急に。

――この家にいると、写真が撮れないんだ。

とつぜん父は、大きな声を出した。映子は姉とリビングでテレビアニメを観ていたが、両親の喧嘩《けんか》がはじまって、それどころではなくなった。映子は父の苦悩や母の責任感を理解するには幼すぎた。けれども空気は読めた。たぶん大人よりも敏感に。その日はいつも以上に息苦しかった。

――この家にいると幸せだよ。でも幸せは、今の自分には必要じゃない。もっと暗いところに下りていかなくちゃいけないから。そういう場所に、お前たちまで連れて行くわけにはいかないんだ。

——なに言ってんのよ、こっちは一生懸命支えてるのに！

母は青ざめ、眉間《みけん》にさらに深いしわを寄せた。

父はその頃、フリーの写真家に転身したばかりで、収入はほとんどなかった。広告写真を撮っていたときは、まだ定収入があったが、生活を支えていたのは、医療事務の資格をとって夜も昼も働いていた母だ。そのうえ、家事もほとんど母がこなしていた。そこまで献身的になれたのは、父の才能を根本で信じていたからだろう。だからこそ母は、父からそんなことを言われてショックだったに違いない。

言葉を失っている母の代わりに、口をひらいたのはヒカルだった。

——私たちのこと、邪魔なの？

父は黙っていた。でも沈黙ほど、残酷な返答はなかった。

翌朝、目を覚ますと雨は止み、父の荷物も消えていた。

それが、あの夜の出来事だ。

3

　そうして、女三人が慎《つつ》ましく暮らしてきた、郊外の古くて手狭な一軒家に、父が帰って来た。到着したときには、日はすっかり沈んでいた。長旅の疲れのせいか、父母はすぐにシャワーを浴び、布団を並べた。先に寝た母は「なにかあったらいけないから、一応お父さんには私の部屋で寝てもらう」と言っていた。

　ヒカルが帰宅したのは、夜十時を回ってからだった。鞄を下ろすよりも先に訊かれる。

「あの人は？」

「寝たよ、お母さんも」

「体調は大丈夫なの？」

「大丈夫じゃないかもしれない。明日お母さんからも話があると思うけど、私たちのこと全然憶えてないんだよね」

「え、どういうこと？」

　ヒカルは冷蔵庫を開けたまま、映子に向き直った。

「お酒を飲み過ぎて、記憶がなくなっちゃったらしい」

しばらく言葉を失っていたが、ヒカルは「相変わらずだね」と冷笑を浮かべる。

「私たちが子どもだった頃も、お酒で何度も失敗してたし。ほら、深夜にうちに電話をかけて来て、自分がどこにいるのか分からないとか言い出して、お母さんと近所を捜し回ったら、河川敷で寝てたこともあったし。それに酒癖が悪くて、女の人にもだらしなかったよね。何度か全然知らない女の人から電話がかかってきたりして」

ヒカルは憤った様子で、電子レンジで残り物をあたためた。すると厚手のカーディガンを羽織った母が「ひと眠りしたらすっきりしたわ」と言って、リビングに入って来た。ヒカルを見ると「おかえり、遅かったわね」と声をかける。

「あの人のこと、聞いたよ。いつまでうちに泊めておくの」

テーブルについて、ヒカルは母に訊ねた。

「いつまでって、一応、ここはお父さんの家でもあるから」

「書面上はね。こんなことになるなら、早く離婚しておけばよかったのに」

「そんな悲しいこと言わないで、ヒカル」

ヒカルは目を逸らし、その先はなにも言わなかった。母に気を遣ったのだろう。でもヒカルが父を受け容れていないことは明白だった。血のつながりはあっても、私はあの人が出て行ってから一度も父親だと思ったことはない、むしろ出て行ってくれて感謝してるくらいだよと以前に言っていた。

父が出て行った当時、ヒカルは小学校高学年だった。もう少し幼なければ、こんな風にはならなかったかもしれない。母が昼も夜も働いて生活費を捻出《ねんしゅつ》したり、そのお金を父が制作費として湯水のように使ってしまったり、という状況を目《ま》の当たりにしても、そこまで失望しなかっただろう。

母は茶を淹《い》れた湯呑みをヒカルの前に置いたが、ヒカルは手をつけなかった。

「お父さんも痛い目に遭って、反省してるんじゃないかしら」

「記憶を失くしたのに、反省ってできるの？」

「分からないけど、あなたのウェディング姿を見せてあげたら、きっと喜ぶわよ」

母の飛躍した提案に、ヒカルは激しく反論する。

「いやいや、それは無理だよ。向こうの家族に、あんな人紹介できるわけないって。お母さんのことを否定したくはないけど、あの人は身勝手すぎる。好きなことだけして、お金も入れずに全部お母さんに押し付けて。今までさんざん責任を放棄してきたのに、いざ自分が健康を損ねたら、とつぜん面倒を見てほしいなんて納得がいかない。素晴らしいゲイジュツさえ生み出していれば、私たちにどれだけ苦労をかけてもいいわけ?」
ヒカルは母を見据えたあと、椅子から立ち上がった。そして手早く食器を片づけ、部屋に戻って行く。母も「もう寝るわ」と言い、席を立った。一人きりになった映子の脳裏に、昨年に都内のホテルで行なわれた、両家の顔合わせでのことがよぎった。

その日は天候にも恵まれ、晩秋とは思えない、コートも要らないくらいのあたたかな日射しに包まれていた。案内された個室からは、見事に紅葉した優美な日本庭園をガラス越しに望むことができた。フォーマルな装いのヒカルは、いつにも増してきれいだった。すべてが完璧で、なにひとつ足りないものはないように見えた。誰に訊いても、「幸せそうな門出《かどで》ですね」と答えただろう。

テーブル越しには、婚約者とその兄弟と両親だけでなく、祖父母まで揃っていた。姉側は映子と母の二人だけなので ちょっと気後れしたが、ヒカルは堂々としていたし、母が持ち前の明るさでよくしゃべってくれたおかげで、場は滞りなく進んだ。

――それにしても、母子家庭なのに、二人の娘さんを立派に育て上げるなんて、本当に頭が上がりませんよ。

そう切り込んできたのは、婚約者の父だった。

大企業で管理職を務め、妻は専業主婦である。三年前に結婚した長男には、二人目の子どもが春に生まれる予定で、ヒカルの夫となる次男も出世コースにのっていると聞いた。もちろん、申し分ない人生を歩んで来たように見えて、たくさんの悩みがあったに違いない。けれども圧倒的に差のある立場から、その人が発した「母子家庭なのに」という悪気のないフレーズは、映子の耳にざらつきを残した。

もしその日がはじめての顔合わせではなく、また空が曇っていたり、窓から見える庭の木々が惨《みじ》めに枯れていたりしたら、とくに気にならなかったかもしれない。しかしすべてが非の打ちどころのない調和で保たれているなかで、その一言はやけに目立った。

――いいえ、子どもは勝手に育つものですから、特別なことじゃないですよ。

母はほほ笑みながら答えた。

――謙遜なさらないでください。女手ひとつで育てるなんて、並大抵のことじゃありませんよ。きっと大変な道のりを乗り越えて来られたのでしょう。亡くなったお父さまも、天国で喜んでいらっしゃるはずです。

映子は息を呑んだ。ヒカルは婚約者をはじめ、その家族や勤務先の人たちに、父が写真家であることを話していないどころか、昔に死んだという設定にしていたらしい。母は強張った表情で、ヒカルの方を見た。

――ええ、三人で助け合いながら、強く生きてきました。

ヒカルは笑顔で肯いた。

それ以上、父の話題は出なかった。向こうも、おめでたい席で「亡くなった父の悲しい思い出」を根掘り葉掘り聞くつもりはなかったようだ。しかしそのあとも次々と運ばれてくる煌《きら》びやかな料理は、急に味気ないものへと変化した。

4

ウランバートルから帰って来た数日後、父は母の勤め先である病院で、一日かけて精密検査を受けた。その結果、アルツハイマー型認知症というよりも、大量の飲酒によって一時的に脳が萎縮したことを原因とする記憶障害であり、新しいことが憶えられないわけではないと判明した。

ただし若年性認知症に発展する可能性もゼロではないため、継続して検査をしていくべきで、飲酒は厳禁、規則正しい生活を送るようにと忠告された。さらに、父は写真に関することだけは例外的に憶えているため、カメラに触れることや撮影そのものが治療につながるかもしれないと医者は助言した。

そうして、ゆくゆくは引き払うことになりそうな父の仕事場にあった大量のフィルムやファイルの段ボール箱が、家の一室に運び込まれた。父は物置になっていた一階の和室に陣取って、日夜フィルムをライトボックスに置いて吟味《ぎんみ》するようになった。

大学から帰った午後、映子はその様子を覗いた。

「なんの写真、見てるんですか」

返事はない。

映子はとなりに腰を下ろし、床を埋め尽くすように並んだフィルムを手に取って、天井光にかざす。

「よくこんなに撮りましたね」

映子が感じ入っていると、父は口のなかでごにょごにょと呟く。

「あんしつって?」

父はうつむき、なにも答えない。

スマホで調べると、暗室とは、フィルムを印画紙に現像する部屋のことらしい。スマホ世代の映子には、馴染みのない歴史的遺産のように感じられた。そういえば昔、父がそういう部屋を使っていたような、おぼろげな記憶がある。

「フィルムを現像したいんですか」

訊ねると、父は小さく肯いた。

「うーん、困りましたね。お店で頼むにしても、こんなに大量にあったらいくらかかるか分からないし。ネットにはお風呂場でも代用できるって書いてあるけど、うちじゃあ、お姉ちゃんが許さないな。ていうか、現像しないと見られないなんて、つくづくフィルム写真って面倒ですね。なんなら、スマホで新しく撮ったらどうですか。軽くて、すぐ確認できるし、うちのプリンターでも簡単に印刷できますよ」

そう言って、映子はポケットからスマホを出した。

すると父はスマホの待ち受け画面にしていた、映子が撮影した写真をじっと見つめた。

「その写真、うちからバス一本で行ける海浜公園で撮ったんですよ。行ってみますか？」

父は即座に肯いた。

父は家を出てバス停までの道のりでも、バスに乗車して窓際に座ってからも、カメラモードにして渡した映子のスマホで何度もシャッターを押した。そのたび車内に鳴り響くカシャリという人工音について、文句を言ってくる乗客はいなかったが、映子はひやひやした。それにしても、よくそんなに撮るなと呆れ半分に思う。近所の風景を撮影することの、いったいどこが楽しいのだろう。

「ちょっと見ていいですか」

途中、父がへんなボタンを押したせいで、画面が切り替わってしまった。映子は画面を直すついでに、写真フォルダを確認する。家を出てからほとんど経っていないのに、あっという間に数十枚にもなっていた。しかもどれも構図やシャッターチャンスが絶妙で、ブレやボケさえも味方につけている。ぱっとしないはずの日常が、見知らぬ街の特別な光景のようにうつっていた。

「弘法《こうぼう》筆を選ばず、ですね」

スマホを父に返すと、映子もつられて、ついでに持って来ていた、母が昔使っていた古いデジタルカメラで同じように撮影してみるが、父のような写真を撮ることはできず、シャッターを切ったつぎの瞬間に、風景がするりと逃げる。

「難しいな」

そう言ってシャッターを切りつづけている映子に対して、父は満足げにほほ笑んだ。

父の撮った写真は、構図や色合いなど、バリエーションに富んでいた。ある一枚は、額におさめられた抽象画のように謎めいた美しさがあり、ある一枚は、映画のスチールのようになにかが起きそうな予感を漂わせる。

「どうやったら、そんなの撮れるんですか」

「写真はリズム」

そう答えた父は、今朝までの頼りない中年男性とはうって変わり、写真家としての威厳を取り戻したように、ほんの一瞬だけ感じられた。そんな父のとなりで撮りつづけるうちに、映子の写真も生き生きとしはじめる。

「そう」と父は肯いた。

そもそも父との思い出が少ない映子は、父の不在を寂しいと感じたことはほとんどなかった。学校の友だちの素敵なお父さんを見ても、自分にはそれ以上に大好きな母がいるので、羨ましくもなんともなかった。しかし映子は今、帰って来た父ともっと話がしたい、父のことをもっと知りたいと感じはじめていた。

真冬の海は、いつにも増して荒々しかった。晴れてはいるものの、吹きすさぶ風は痛いほど冷たく、映子はポケットに手を入れて歩く。辺りに人気《ひとけ》はなく、耳に届くのは波の音だけだ。その海浜公園は湾に面し、海底が急に深くなるので、波打ち際には、大量の消波《しょうは》ブロック——いわゆるテトラポッドが積み重なっていた。そのテトラポッドに、父はおもむろに登りはじめる。

「だ、大丈夫？」

映子は心配して駆け寄るが、父は構いもせずに登っていく。きっとこんな感じで、他人の言葉に耳を貸さず、自分の決めたことを実行してきた人生だったんだろうな、と映子は思った。記憶を失っても、生き方そのものを見失ったわけではないのだ。

「よし、私も」

映子もつづいて、テトラポッドを登る。高いところから見る海は、少しだけ広くて近かった。十数メートル先に立っている父の姿を、映子はデジカメで撮影した。風が強くシャッターの音は届かないはずだが、タイミングよく父がこちらをふり返る。

「撮ったよ」

映子が答えると、父は親指を立てた。

その瞬間、カメラを通じて父とコミュニケーションをとっていた日々の記憶が、潮風の香りとともによみがえった。幼稚園児だった映子は、波打ち際で父と手をつないでいた。砂浜を走る姉がふり返り、こちらに手をふる。

そうだ、この海に、私たち父子は来たことがあるのだ、と映子はやっと思い出す。あのときの父も、もう二度とくり返されることのない一瞬一瞬を慈《いっく》しむように、姉妹に向けてシャッターを押しつづけていた。

「写真はリズムって、どういう意味？」

日が傾き体も冷えたので、二人は海浜公園のバス停前にあったマクドナルドに立ち寄っていた。あの父とマクドナルドでお茶する日が来るなんて、映子は想像もしなかった。注文したコーヒーとコーラをトレイにのせて、二人は向かい合って座っている。

父は考えを巡らせるように、しばらく目をつむった。

映子が答えを待つのを諦《あきら》めようとしたとき、父はひとつずつの言葉を吟味《ぎんみ》するように、ゆっくりと語り出した。

「写真は、たくさん撮らなきゃ、なにも見えてこない。一枚撮っただけでは、それはただの音。いくつも撮るから、リズムになる。リズムがやがて、メロディになって、その人の哲学や生き方をあらわす」

映子はぽかんと口を開けた。父がこんな風に、しっかりとした口調で話したことは、帰ってきてから一度もなかった。医者の助言通り、写真を撮ることがいい方向に作用したのかもしれない。

「私の写真はどうだった?」

「若い」

父はそれだけ答えると、コートのポケットから煙草の箱を探り出した。しゃべり過ぎて、気まずく感じたのだろうか。

「この席、禁煙だよ。ていうか、お医者さんからも禁止されてるんだから——」

父は構わず、もう片方のポケットに手をやった。

出したのはライターではなく、油性の赤いフェルトペンだった。なぜフェルトペンを持ち歩いているのかは分からないが、映子は父の行動を黙って見守る。父はペンのキャップをとると、とつぜん煙草の箱に、なにかを書きはじめた。

よれよれのミミズのような文字だった。日本語というより、判読できない外国語に近い線である。凝視していた映子は、途中ではっと顔を上げた。父が書いていたのは、ふたつの名前だと気がついたからだ。

〈ひかる　えいこ〉

その文字を、映子はデジカメで撮った。

5

日が暮れた頃、スマホやデジタル一眼で父と撮影した写真を居間でパソコンに取り込んでいると、ヒカルが仕事から帰って来た。映子はさっそく「ねぇ、これ今日、お父さんが書いたんだよ」と、姉妹の名前の書かれた煙草の箱の写真を見せる。しかしヒカルはそれを一瞥《いちべつ》しただけで、こう答えた。

「それより、就活してるの？」

「就活なんて、まだこれからだよ」

「そうは言っても、ぼやぼやしてる暇なんてないでしょ？　せっかく四年制大学に進学したんだから。この一年の頑張りで、これからの人生が左右されるんだよ」

苛立ったようにため息を吐《つ》き、ヒカルは階段を上っていった。

ヒカルはいつも妹より成績がよかった。けれども学費の面で母や妹に気を遣って短大に入学し、今は地元の大企業で働いている。正規の仕事を得られず苦労した母を見て育った影響か、結婚しても仕事を辞める気はまったくないらしい。

やがて二階から、話し声が聞こえてきた。父は一階の物置部屋にいるので、母とヒカルが話しているのだろう。何度かドアを開閉する音がして、階段から姉が下りてくる。ヒカルの肩には大きな鞄がかかっていた。

「その荷物、どうしたの」

「しばらく彼の家に泊まることにする」

「しばらくって」と映子は言葉を失う。

「そんな顔しないでよ。どうせ結婚したら引っ越すわけだし、あの人もまだいるみたいだし。お母さんにはもう話してあるから。それに、私の部屋が早めに空いた方が、あの人も個室を持てていいでしょう？」

姉は父を気遣っている風だが、二人がちゃんと口をきいているところは一度も見なかった。

「寂しくなるね」

「大丈夫、一生会えなくなるわけじゃないんだから」

ヒカルはぎこちない笑みを浮かべた。

その笑顔を見て、映子はふと、姉の方も父と和解したいのではないかと思った。姉はそのきっかけを摑《つか》めなくて、戸惑っているだけかもしれない。

ヒカルが出て行ったあと、夕食の準備をする前に、母の部屋を覗いた。母は大掃除でもしているのか、押し入れに仕舞いこんでいた古い段ボール箱を、足の踏み場もないほどに山積みにしていた。

「どうしたの？」

こちらに背中を向けていた母の肩が、かすかにふるえた。母は即座にはふり向かず、汗をぬぐうような仕草をする。滅多に母の涙を見たことのない映子は動揺したが、声をかけておいて引き返すわけにもいかない。

「なんだか欠伸《あくび》が出ちゃって」

母は明るい声で言いながらふり返った。

「お姉ちゃん、行っちゃったね」

「そうね」

「なに話したの？」

「いろいろ。お父さんのこととか」

「この段ボール箱は？」

「ヒカルの結婚式で使えそうな写真を探してたら、余計なことはしないでって怒られちゃった」

なるほど、さっき一階まで聞こえた二人の話し声は、そのことで揉《も》めていたのか。

肩を落としている母の脇に、映子は腰を下ろす。段ボール箱の横には、父がかつて出版した写真集や家族を撮影した個人的なアルバムなどが広げられていた。

「海浜公園はどうだった？」

「たくさん写真撮ってたよ」

「カメラはどうしたの」

「私のスマホを貸してあげたんだ。見る？」

母は肯き、映子のスマホを手にした。画面をスライドさせて、百枚を超える写真の数々を鑑賞しながら、母は息を吐いた。

「楽しかったのね」

「うん、久しぶりに外出して写真を撮って、調子よさそうだったよ。とつぜん話し方がしっかりしたときがあって、びっくりした。『写真はリズム』だなんて、急に意味深な発言をしたりもして」

「写真はリズム？」

「詳しく訊ねたら、たくさん撮らないと意味がないっていうことみたい。それを聞いて、お父さんが写真でやろうとしていたことが、私にもちょっと理解できた気がする。今まではネットや街中に写真は溢れてるのに、どうして海外にまで行って撮らないといけないのか、全然分からなかったんだけど」

　映子が言うと、母はなつかしそうに目を細めた。

「あの人、昔私にも同じようなことを言ってたな。フィルムしか使わなかったから、この通り撮れば撮るほど物量が増えてたいへんでね。処分しようにもできないしね。忘れたくても忘れられない記憶みたいで、困ったものよ」

　そう言いつつ嬉しそうに話す母を見て、父のことを知るには、母に質問するのが一番であることに、映子は今更ながら思い当たる。そういえば、二人の出会いさえも映子はよく知らない。しかしヒカルも結婚するし、父も戻って来た今、そろそろ時効だろう。

「お母さんは、どうしてお父さんと結婚したの」

「馴《な》れ初《そ》めってこと？　照れるじゃない」

「いいじゃん、この際」

　母はしばらく考えてから答える。

「そうね、出会った頃、あの人はまだ写真家として独立していなくて、写真スタジオに勤務していた。私も今みたいに医療系の道に進む前で、同じ会社でアルバイトをしていたの。私が楽しかったのは、写真スタジオに撮りに来る子どものお世話だったけどね。そのうち、あの人の撮影に同行したり、事務仕事を手伝ったりするようになった。その頃から、あの人の撮る写真は、他の誰のものとも全然違ったのよ」

「違うって？」

「被写体との間合いのとり方っていうのかな。出来上がる写真にはどれも物語があった。本人はあのときからお金や時間にルーズだったけれど、ファインダーを通して対象の本質を見抜くことにかけては、右に出る人はいなかった」

「お父さんが撮るものは、他の誰にも撮れなかったってことだね」

母は大きく肯き、笑顔を浮かべた。

「それってすごいことじゃない？　だから三十代半ばで独立したいって相談されたときも、全力で応援することにしたの」

母は段ボール箱から数冊、かつて父が仲間とつくった写真同人誌を出した。

――写真は、たくさん撮らなきゃ、なにも見えてこない。

映子は父から言われたことを反芻しながら、簡単に綴《と》じられた手作り感のある冊子を母から受け取った。そこには沖縄の街や人がうつっていた。海、ねじり鉢巻きの子ども、煙草を吸う女性、奇妙なかたちの樹木、兵士――。

けぶるような空気感に、映子の心は言いようもなく揺さぶられた。なんでもない、本当になんでもない風景が、なぜ心を打つのか。悲しみや優しさのようなものが、その一枚一枚の奥底には感じられ、そこに自分を投影してしまう。

「満足のいく写真もそうじゃない写真も、すべてが自分だけの世界認識には違いない。だから取捨選択せず、図鑑のように並べる。そんなお父さんの姿勢に一番当てはまったのが、家族写真だったのかもしれないわね」

そう言って、母は脇にあった古いアルバムの山に視線を向けた。

表紙が変色した古いアルバムが、段ボール箱いっぱいに詰められていた。背表紙が部分的に剝《は》がれ落ち、ページがはみ出したものもある。母から黙って差し出されたうちの一冊をひらくと、母やヒカル、映子をうつした家族写真が、大量に保存されていた。

「あなたたち――とくにヒカルは、お父さんが出て行った最後の記憶が強烈に残っているみたいだけど、あの人がプライベートで撮ったものを見れば、嫌なことばかりじゃなかったことや、お父さんにとってあなたたちがどんな存在かを理解できると思うのよね」

ページをめくるたび、ペリペリという音がした。

お腹の大きくなった母が、お茶碗を片手にご飯を口いっぱいに頬張る一枚。母は今よりうんと若くてきれいで、ひょうきんな表情をわざと浮かべている。そのとなりには、真新しい家を前に若い母が佇《たたず》んでいる一枚があった。

「これ、この家?」

「そうよ。結婚したときに、知り合いの人が安く譲ってくれたのよ」

母が生後間もない赤ちゃんを抱いている一枚。まだ今のヒカルの面影はないが、何ページかめくると、母が小さなヒカルをお風呂に入れている写真があって、どことなくヒカルらしさが芽生えていた。

お宮参りの一枚では、もう亡くなった母の両親もうつっていた。驚くべきは、お宮参りというひとつのイベントだけで、アルバム数冊分の写真が残っていることだ。でも膨大な数の写真があるにもかかわらず、なぜか一人だけ、ほとんど姿が見つからない。

「どうしてお父さんだけ、うつってないの?」

「そりゃあ全部、あの人が撮ったんだもの。自撮りなんてする時代じゃないでしょ」

やがてまた母のお腹が大きくなり、新たな赤ちゃんが家族に加わった。

別の段ボール箱を開けると、姉妹が幼稚園の制服に袖《そで》を通したり、自転車の練習をしたり、そろって浴衣《ゆかた》を着て夏祭りに出かけたり、母娘《おやこ》でバスに乗っていたり、さまざまな瞬間が呼吸をするように切り取られていた。

なかには、誰もうつっていない風景だけの一枚もあった。公園、青空、地面。ただしファインダーのなかにおさまっていないだけで、その背後には家族の気配がある。うつっていない父の気配も、だ。

徐々に大きくなる娘たちの姿を、一瞬も撮り逃さぬようにと記録した大量のアルバムを眺めるうちに、映子は胸が痛くなった。

うつされた自分たちは、たしかにそこにいた。

うつした父も、そこにいた。

でも時間がたった今、彼らはもうこの世にはいない。

その頃の自分というのは存在しない。

当たり前だが、とり返しのつかない事実に映子は打ちのめされる。

アルバムに残された時間はヒカルが中学生になる前に終わっていた。母とも喧嘩が絶えず、父が家に帰ってこなくなったのは、その時期だった。それ以降の写真は、どの段ボール箱を探しても一枚もなかった。

「お父さんはどうして私たちの写真を撮らなくなったの？」

「人生ってうまくいかないものよね。いろいろなことが重なって、少しずつ歯車が狂ったとしか言いようがない。一番大きな問題は、お父さんの写真家としての活動が、以前ほどうまくいかなくなったことかな。一種のスランプね。だから家族といると、自分の思うような写真が撮れない、距離が必要だ、って思ったのかもしれない」

映子は黙って、小さかった頃の自分たちのアルバムに目を落とした。出ていく前に言っていた「暗いところ」に父は下りることができたのだろうか。そこでなにを見て、なにを感じたのだろう。家族と離れてから出版された父の写真集すべてに目を通し、撮った場所を訪ね歩けば、自分にも少しは理解できるだろうか。

母は深呼吸をしてから、いつも通りの笑顔を浮かべた。

「そろそろ晩ご飯、つくらなくちゃね」

「そうだね……ご飯は炊《た》いてあるよ」

部屋の片隅の、届いたばかりらしい小包が目に入ったのは、そのときだった。

「あれ、なに？」

映子の視線を追った母は、そうだった、と思い出したように言う。

「あなたたちが海浜公園に行っているあいだに届いたのよ。国際振興財団の田記さんが手配してくださったみたい。お父さんが愛用していたキヤノンF－1のカメラなんだって。さっき電話があったけど、田記さんって律儀な方ね」

その話を聞いて、映子の頭にあることが閃く。

「ひょっとして、フィルムも入ってないかな」

「分からないけど、どうして？」

「もし直前に撮っていたフィルムを現像できたら、お父さんの記憶を取り戻すきっかけにならないかと思って」

「たしかに、試してみてもいいかもね」と母は肯く。

「でもどうやって現像したらいいんだろう。家電屋さんとかに持って行けばなんとかしてもらえるだろうけど、責任を持って現像してあげたいな」

映子が逡巡《しゅんじゅん》していると、母が思いついたように言う。

「うちの庭にある物置って、前は暗室として使ってたの、憶えてない？　映子が幼稚園に通っていた頃は、しょっちゅうあそこで現像してたのよ。まだ機材が動くかどうかは分からないけど、また使えるようにしてあげたら？」

6

物置のなかは、そこらじゅうに蜘蛛《くも》の巣が張ってカビだらけだったが、電気も水道も生きていた。カバーがかけられていた古い引き伸ばし機の電源ランプも、幸運にも点灯した。映子は関係のないガラクタを庭に運び出し、掃除機をかけた。

それから現像に必要なものを父に訊いたり、ネットで調べたりして、専門店に買いに行く。現像タンク、ピッカー、各種液、印画紙、セーフライト。百円ショップで入手できるもの――タイマー、ブロアー、バットなどもあった。

つぎに暗室をつくる。入り口を閉めて電気を消しても、わずかな穴から光が射し込んでしまうため、根気強くすべての穴にガムテープで蓋《ふた》をする必要があった。よく見ると、壁には以前にも蓋をしたらしい、古いガムテープの痕《あと》があった。

完璧な暗闇をつくり上げると、映子は父を暗室に呼んだ。父はセーフライトの下で、てきぱきと現像リールにフィルムを巻き付け、現像液、停止液、定着液の順に、タンク内を浸していった。父の手つきに迷いはない。相変わらず無口だけれど、使い慣れた暗室をなつかしんでいるようにも感じた。

作業を進めながら、映子は忘れていた記憶を思い出す。

父の仕事を手伝うという名目で、姉妹はよく暗室に入れてもらっていた。

子どもの頃からしっかり者だった姉には、助けられてばかりだった。たとえば父を手伝うときも、手が小さくてフィルムを現像タンクに装塡《そうてん》できずにいる映子に代わって、ヒカルは上手に仕上げてくれた。母が仕事で不在の夜、暗くて怖いと泣いていた妹に、姉は「なにも心配しなくていいんだよ。ここを暗室と思えば楽しいでしょ」と励ましてくれた。

父が出ていったあとも、しばらく暗室は姉妹の遊び場だった。

――いつか、お父さんは帰ってくるから。

そう言い聞かせてくれたのは、他ならぬヒカルだった。

おそらく映子以上に、姉は父の帰りを待っていたのだろう。

あの頃、ヒカルという名前が好きだと姉は言っていた。だってお父さんの仕事は光をうつすことだから、と。ヒカルを映す子。二人でペアのような名前を、姉妹につけたときの父の気持ちを想像すると、いつまでも姉妹仲良くいてほしいという願いが込められているような気がした。

すべてのフィルムが現像され、暗室内の紐《ひも》に吊《つ》るされた。

休憩していると、扉が開いて、声がした。

「なにしてるの」

二重に取り付けられた遮光カーテンから顔を出したのは、ヒカルだった。ヒカルは父と映子を交互に見た。その表情から、二人が答えなくても、なにをしようとしているのかを瞬時に理解したことが分かった。

「今、現像したフィルムを乾かしているところで、これからプリントするんだ。お姉ちゃんも一緒に見ていかない？」

「いい。今日は忘れ物を取りに来ただけなの。つぎの予定もあるし」

父は黙って、姉妹のやりとりを聞いている。

映子はヒカルに思い出してほしかった。この暗室は姉妹の秘密基地だったこと。父が印画紙を現像液にひたすところを、わくわくしながら見守ったこと。父が出ていったあの夜までは、大量のアルバムが証明しているように、自分たちが同じ時間を過ごしていたこと。すると父が黙ったまま、ヒカルを手招きした。

「なによ」

狼狽《うろた》えつつも、ヒカルは黙って言われた通りにする。父に促され、紐《ひも》から吊るされた長いフィルムに近づく。父は姉にそのフィルムを手渡した。

「仕方ないわね」

姉はやり方を憶えていたらしく、黙々と父を手伝いはじめた。

長いフィルムの水分をとって短くカットし、事前に買って来ていた六切《むつぎ》りの印画紙に、フィルムを三十コマ分並べた。真っ白の印画紙に、四角い光が当てられる。神秘的な数秒間だった。人の目では、なにがうつっているのかは分からないけれど、たしかにその四角い光に印画紙は反応し、像を結んでいく。引き伸ばし機から外した印画紙を、現像液を注いだバットに入れる。

バットのなかで、父がかすかに印画紙を揺らすと、真っ白だった印画紙に、少しずつ影が浮かびあがった。

三十コマに割られた画面には、モンゴルの田舎の光景がうつっていた。見渡す限りの平原。そこに佇《たたず》むラクダや馬と、そのうえに跨《また》がる人々。老若男女が向かっている先は、お祝いの場だった。大胆なデザインの民族衣装をまとった、美しく若い女性。その手をとっている健康的な青年。華やかに着飾り、踊りを楽しんでいる人々が、二人のことを祝っている——結婚式だ、と映子はやっと理解した。

姉は「やっぱり」と呟き、父に訊ねる。

「これを撮ったとき、どう思ったの」

父はなにも答えなかった。

ウランバートル近郊で地元の人々の結婚式と遭遇した父が、ずっと会っていない娘たちを思い出したのかは分からない。けれども、父は結婚式のさまざまな瞬間をカメラに収めていた。とくに新婦のことを一番よく追いかけている。こぼれるような笑顔や親族と涙ながらに抱き合う姿が、生き生きとうつされていた。

すると姉がなにも言わずに、暗室を出て行った。

「お姉ちゃん？」

映子は慌てて声をかけるが、扉がバタンと閉められる。

痛いほどの沈黙が下りて、しばらく茫然とした。

やっぱりヒカルは、父を許せないのだ。あるいは、誰よりも家族想いだった優しい姉のことだから、父を死んだことにしていた自分を許せないのかもしれない。映子は追いかけるべきだと分かりつつ、父の作業が途中でもあって動けなかった。

姉とはあとでじっくり話をしようと思った。父だって家族を嫌いになって出ていったわけではない。その証拠に、ヒカルがいなくなったあと、父はしばらく困惑した表情で手を止め、扉の方を見ていた。

父が現像したいというフィルムは、他にも数十本以上あったので、すべてを一日で現像するのは難しそうだった。それにまだ三月なので、日が沈むと暖房のない物置はあまりに寒い。適当なところでキリをつけて、父とともに母屋《おもや》に戻ることにした。片付けを終えて暗室から出ると、山々の稜線《りようせん》に沿って空が赤く燃えていた。

「待って」

息を切らしてそう呼び止めたのは、母屋から出てきたヒカルだった。西日に照らされたヒカルは、手になにかを持っていた。居間に置いてきた父の愛機キヤノンのF－1だ。「今、フィルムを入れて来たから」と言って、姉はそれを父に手渡した。

「また撮ってよ、お父さん」

ヒカルが父を「あの人」や「あいつ」ではなく「お父さん」と呼ぶのは、いつ以来だろうか。父はキヤノンのF－1を受け取ると、光の角度を確かめ、姉妹に物置の前に立つように指示した。そして自分は数メートル離れたところで屈みこみ、姉妹に向かってファインダーを覗いた。

カシャッという心地良くなつかしい音が、初春の庭に響いた。

光をえがく人

その街は、かつて「日本一暑い街」として知られたが、最近ではさまざまな国籍の料理を楽しめることで有名だった。インド料理店、タイ料理店、ペルー料理店などが目抜き通りに並ぶ背景には、地元の中小企業が外国人労働者を多く受け入れている経緯がある。さらにこの街では、帰るところを失った少数民族も、ひっそりとコミュニティをつくっているという噂だった。

僕がその街のミャンマー料理店に通うようになったのは、同じ工場で勤務しているバングラデシュ出身の後輩から誘われたのがきっかけである。滅多に笑わないわりに陽気でおしゃべり好きの彼は、仕事のあとに飲みに行きたがった。

梅雨のじめじめした夜、彼の他に日本人やベトナム人の同僚たちとミャンマー料理店を訪れた。そこは僕の自宅からも遠くはない、住宅地にあるふつうの家の一階だった。リビングを店内に見立て、四人掛けのテーブルが三つと、カウンター席が三つ、その向こうに厨房《ちゅうぼう》があって、男性店主が一人で調理を行なっていた。

同僚いわく、ミャンマーはバングラデシュに隣接し、カレーの風味やインディカ米といった共通点があるのだという。僕は「へぇ」と相槌を打ちながら、ミャンマーがバングラデシュの右か左、はたまた上か下にあるのか、うまくイメージできなかった。けれども運ばれてきた牛肉の煮込みや、魚でだしをとったスープは、どれも思った以上に香辛料が抑えられて食べやすかった。馴染みのない国の料理なのに、日本風にアレンジされているせいか、不思議となつかしい味がした。

それ以来、僕はその店に通うようになった。遅くまで営業しているので、仕事のあとにふらりと立ち寄れるし、たいてい店内は空《す》いていて、値段も安い。なにより店主のつくるミャンマー料理は、ふと思い出してまた食べに行きたくなる素朴な魅力があった。口にした瞬間に感動する絶品というよりも、さり気なく記憶に残ってじわじわと心を温める、おふくろの味に近いものだ。

僕はカウンター席から、よく店主のうしろ姿を眺めた。黙々とフライパンをふるい、てきぱきと勘定をこなす。通ううちに常連客の見分けもつくようになったが、彼らも店主と同じく静かに食事をした。極端に流行《はや》ることもないが、客足が途切れることもなく、細々と営まれる店での時間は、僕の日常に溶け込んでいった。

店内には、絵が一枚だけ飾ってあった。

正確には木枠にぴんと張ったカンヴァスに分厚く描かれた「絵画」ではなく、衣服を切り出して最低限の絵具を塗っただけの「布」に近いものだった。描写されているのは、檻《おり》に入れられ、頭部から樹木の生えた男の顔である。赤や緑と色の種類は少なく、夢の情景のように淡い。店主にとって大切なものなのか、アクリルの額にきちんと収められていた。僕は絵画のことに疎《うと》いけれど、なぜか目を惹《ひ》かれた。注文した料理が来るまでの時間などに、その絵をよく眺めるようになった。

はじめて店主と会話を交わしたのは、とある夏の夜だった。

その日、街は元「日本一暑い街」の本領を発揮し、今夏の全国最高気温を更新していた。風はぴたりと止み、アスファルトから陽炎《かげろう》が立ち上がる。高い建物が少ないおかげで街のどこにいても見える、白い煙を排出する工場の煙突は、お前たちの傲慢《ごうまん》さのせいでこうなったのだとあざ笑うようだった。室内にいても調子が上がらず、みんなが苛々して、本来の自分を見失うような猛暑だった。

太陽が沈んでも、気温はまったく下がらなかった。八時頃、僕が仕事を終えてミャンマー料理店に立ち寄った直後、二人連れのスーツ姿の若い男性がタクシーでやって来た。珍しい客層だった。どちらかというと、この店は女性や外国人の客が多いからである。そのうちの一人が席につくなり「ビール」と叫んだ。

「申し訳ありません、うちではアルコールを扱っていないんです」

店主は低姿勢で答えた。

はじめて来たとき、僕も同じ対応をされて面食らった。仏教の戒律を大切に守っているミャンマーでは飲酒はあまり尊敬されない習慣なのだ、とバングラデシュ出身の同僚が言っていたことを思い出す。

「は？　他の客は飲んでるだろ」

「持ち込んでいただくには、問題ありません」

なんだよそれ、と彼は明らかに不満そうだった。僕はカウンター席で静かに麵《めん》をすすりながら、傍若無人《ぼうじゃくぶじん》なふるまいを横目で観察した。「ビール」と叫んだ男は、すでに赤ら顔で呂律《ろれつ》も回っていない。やがてビール男は、同行しているもう一人に対して、なぜこんな店にした、お前が言い出したせいだろう、という内容で責めはじめた。もう一人はへらへらとうすら笑いを浮かべながら、今どきそんな店があるなんて思っていなかったので、と丁寧語で答えている。どうやら二人は、注文主と受注者という上下関係にある取引先同士らしかった。注文主であろうビール男は、さらに大きな声で叱責《しっせき》しはじめた。するとその拍子にテーブルが傾き、水の注がれたグラスが床に落ちて割れた。ビール男は店主を一瞥しただけで、謝ろうとはしなかった。店主はグラスの破片を淡々と掃除したあと、彼らに言った。

「ご注文はどうなさいますか？　それに、他のお客様もいらっしゃいますので、もう少しお静かに願います」

「なんだよ、こっちもお客様だぞ」

「ガイジンのくせに、注意なんかしやがって」

二人は自分たちがアルコールメニューの有無を確認せずに来たことを棚に上げて、店主に食ってかかった。店主は小柄でひょろひょろしている一方、ビール男はがっしりとした体格である。喧嘩になったら勝ち目はなさそうなのに、店主は一歩も引かなかった。それどころか、表情に恐れや怒りは一切ない。彼は堂々と冷静に、目の前の揉《も》め事をおさめようとしている。そんな店主に怯《ひる》むまいと、相手は威勢を張っているようにも見えた。

「すみません、声の大きさを――」

「こっちが話してんだ！　だいたいこの店はなんだよ？　アルコールも出さねぇし、人の会話も邪魔するし、愛想もないと来た。ここは日本なんだから日本人のやり方に従えよ、でなきゃ自分の国に帰りやがれ」

「あの、警察呼びますよ」

僕は立ち上がって、彼らに声をかけていた。普段、喧嘩の仲裁になんて入るキャラではないが、異国で小さな店を実直につづける店主が理不尽な目に遭うところを、黙って見ていられなかったのだ。

「あんた、誰?」

「常連です、この店の」

相手が言い返す隙《すき》も与えず、僕は早口でこうつづけた。

「あなた方のルールがどこでも通用するとは思わないでください。僕も最初は知りませんでしたが、東南アジアのお店では、アルコールは持ち込みのことが多いんです。宗教的な理由だったり、税制の問題だったり、事情はいろいろですけど、シンガポールじゃ外でお酒を飲んだら犯罪ですからね。どう考えても、あなた方がちゃんと調べてこなかったことが悪いんです。店主が責められる筋合いはありません」

ビール男は不意打ちを食らったように、間抜けな表情を浮かべている。僕が垂れ流しつづけるうんちくに、喧嘩する気も削がれたらしい。白けた表情でもう一人と顔を見合わせると、ぶつぶつと嫌味を呟きながら店を出ていった。きっと出張で来たサラリーマンで、あまりの暑さで苛立ちをぶつけてしまっただけなのだろう。

「ありがとうございます」

胸を撫《な》でおろしていると、店主に声をかけられた。

「大事にならなくてよかったですね」

そう答えた僕に、店主は頭を下げた。


つぎにその店に行くと、店主が「先日はどうも」と言って、いつもの注文に追加でオマケの一皿を出してくれた。僕ははじめて話しかけられたことが嬉しく、会話をつづけられないかと話題を探した。きょろきょろと店内を見回すと、あの絵が目に入った。カウンターを挟んで、店主にこう訊ねる。

「あの絵は、誰が描《か》いたんですか」

他に客はいなかった。おそらく明日の仕込み作業をしていただろう店主は、手を止めて僕とその絵を交互に見た。調子にのって、余計なことを訊いてしまっただろうか。僕は「芸術にはからきし疎いんですが、大切になさっているのかなと思って」とつけ加えた。すると店主は数秒ほど無表情で固まっていたが、ふたたび手を動かしはじめた。僕が戸惑っていると、店主は静かな声でぽつりと言った。

「友人が監獄で描いたんです」

店主は日本語が上手《うま》いが、別の単語と言い間違えたのかと思い、何度か確認した。しかしそれは「韓国」でも「南国」でもなく「監獄」だった。僕が狼狽《うろた》えていると、店主は小さく頭を下げて、また仕事に戻った。それからはいつも通り、僕は黙って食べた。遅めの時間帯だったので、客は一人も来なかった。最後に、お代と皿をカウンターの上に置いて「ごちそうさまでした」と告げたとき、窓の外が強く発光し、雷鳴がとどろいた。びりびりと店の窓ガラスが震える。わりと近いところに落ちたようだ。つぎの瞬間、叩きつけるような大雨が降りはじめた。

「嵐ですね」

店主は窓の外を見ながら、そう呟いた。

「これで少し、暑さがマシになるといいんですけど」

僕が答えると、店主はかすかに笑みを浮かべた。

笑ったところを見るのは、はじめてだった。

「傘をお貸ししましょうか」

「いえ、自転車なので、どちらにしても濡れそうだから」

「それは困りましたね。もう少しここで雨宿りしていただいても、私はまったく構いませんので」

僕は店主の提案に甘えることにした。しばらくスマホを見ながら、かたい豆を撒《ま》いているような雨の音を聴いていた。雨はいっこうに止む気配はなく、激しさを増していく。店主はてきぱきと仕込みを終わらせると、店先にある看板を店内にしまい、準備中と書かれた札を入り口に掛けた。ふたたびカウンターの奥に戻ったあと、とつぜん僕の目の前に「これ、よかったらどうぞ」と言ってなにかを置いた。

手持ち無沙汰にいじっていたスマホから顔を上げると、瓶《びん》ビールだった。はじめて目にするラベルだったが、丸みを帯びた見たことのない文字――おそらくミャンマー語でデザインされたミャンマービールである。「アルコールもあるんですね」と僕がほほ笑んで手に取ると、店主はこう答えた。

「特別なお客様には、特別なメニューがあるものです」

「ありがとうございます」

店主は満足げに肯くと、もう一本のビールとグラスふたつを盆にのせて、厨房から出て来た。そして椅子をひとつ隔てて、カウンター席に腰を下ろし、冷えたグラスふたつに、ミャンマービールを注いだ。シュワシュワと炭酸が湧き上がり、麦の香りがかすかに漂う。一口飲むと、炭酸は強いが味は薄く、熱帯夜にふさわしいビールだと感じた。緑色のラベルには、何重もの塔をのせた鳥型の屋形船が、黄金色でデザインされている。訊けば、ミャンマーの伝説上の鳥カラウェイをかたどった、湖に浮かぶ水上レストランなのだそうだ。

「時間つぶしに、と言ってはなんですが、さっきの質問にお答えしましょう」

そう前置きして、店主は語りはじめた——。

ミャンマーといえば、なにを思い浮かべますか？　アウンサンスーチーさん、発展途上のジャングル、仏教国——どれも正しい答えですが、十分ではありません。いえ、それは当然であり、仕方のないことです。ミャンマーのことを、本当に正しく理解している人は、きっと日本に数えるほどしかいないでしょうから。ミャンマーやその周辺国に生きる者でさえも、その歴史や現状をちゃんと把握してはいないと思います。

どうしてそうなってしまったかって？　それは長らくミャンマーを軍事政権が支配していて、いわば鎖国状態だったからです。日本史で言う江戸時代が、つい最近までつづいていたのです。

でも本当のところ、ミャンマーはとてもゆたかな国でした。面積が日本の二倍近くに当たる国土では、ルビーやサファイアといった宝石が豊富に採れるうえ、あちこちに雄大な自然が残されています。たしか、日本の小説『ビルマの竪琴《たてごと》』では、そうした風土が魅惑的に描写されていますね。ええ、日本軍の視点で書かれていますが、ミャンマー語にも翻訳され、祖国でもよく読まれました。

今ちょうど猛烈な雨が降っていますが、ミャンマーの雨も負けていません。とくに雨季になると、四方が濛々《もうもう》としたしぶきに閉ざされ、水中を歩いているように、呼吸も難しくなるほどでした。そんな雨が上がると、甘酸っぱいフルーツの香りがいたるところに満ちていきます。そして雲の切れ間から、日に照らされた山脈は、この世のものとは思えないほど美しいのです。

しかしミャンマーは太古から資源に恵まれ、教育水準も決して低くない国だったにもかかわらず、ずっと苦しい時代がつづいていました。人々に欲がなく、悪く言えば能天気なところがあるうえ、さきほど言った通り江戸幕府のような封建的な統治がなされていたからです。八〇年代後半、そのような悪い状況を打開するために、学生を中心とした、大規模な民主化運動が起こりました。

私はその頃、故郷を離れ、ヤンゴンの大学に通っていました。ヤンゴンでは、それまで知り得なかった情報が、たくさん手に入りました。たとえば、自分たちの国では独裁政権が敷かれていることや、多くの少数民族が迫害を受けていることなど。ばらばらだったパズルのピースを嵌《は》め込んでいくように、自分の状況を一枚の相関図で俯《ふ》瞰《かん》的に理解したとき、私は衝撃に震えました。目隠しをされ、耳を塞がれた状態で、今まで生活していたのだとはじめて知ったのです。

大学付近の公園で行なわれた集会に参加しに行くと、壇上の男がマイクで問いかけました。

「君たちにも、なにか言いたいことがあるんじゃないのか」

その男は、その場に集まった数百人という群衆に問いかけていましたが、私は彼からとても個人的に囁《ささや》きかけられたように感じました。私は心の奥底にひそかに沈殿していた憤りや悲しみを、生まれてはじめて意識しました。

たしかに自分にも、言いたいことがある。一方的に強制される現実に耐えて生きるのではなく、個人として意見を発したい。心のなかで封印していた扉をこじ開けられた私は、気がつくと群衆に交じって大声で叫んでいました。

もちろん、軍の前では市民は無力です。でも当時学生だった私は若さゆえに、声を上げている最中、なにも怖くありませんでした。死ぬことさえもです。むしろ死は、その頃の私にとって、まだ出会ったことのない理想の恋人のように美化されていました。民主化という明確なゴールに集団で向かっていく連帯感が、私たちをある種のトランス状態にさせていたわけです。ちょうどその頃、アウンサンスーチーがイギリスから帰国していた背景もあって、この革命は近いうちに絶対に成功すると、みんなが信じていました。まさかその先、さらに強固で大きな困難に、幾度となく打ちのめされることになろうとは、想像もしませんでした。

一九八八年八月八日という、覚えやすい日付に起こった惨劇を、私は生涯忘れないでしょう。その日は朝から、ヤンゴンの庁舎前に、反政府運動に参加する十万人ほどが集まりました。仮演台がいくつか設置され、そのうえで学生、僧侶、市民が交代で演説を行ない、みんなと一体となって叫びました。昼過ぎに銃声がしたとき、私はなにかのイベントの合図かと思いました。しかし壇上に立っていた演説者の一人が、胸から血を流して倒れていました。悲鳴が上がり、近くにいた男女二人が壇上に駆け寄ります。また銃声が響き、駆け寄った男性の方が崩れ落ちました。このときはじめて私は、狙撃手が庁舎の屋上から、自分たちを狙っているのだと気がつきました。人々は阿鼻叫喚《あびきょうかん》のなか、蜘蛛《くも》の子を散らすように逃げていきました。そんな市民たちをトラックで広場を包囲していた武装兵士が待ち構えます。彼らは逃げてきた学生たちをつぎつぎに逮捕しました。私は金属棒で頭を強く殴られ、朦朧《もうろう》とする意識のなか、土ぼこりと催涙弾の煙の向こうに、折り重なるように人々が倒れているのを見ました。ついさっきまで会話や視線を交わしていた人々です。私の脳裏に、ぼんやりと家族のことが浮かびました。もし私がここで死んだら、彼らはどう思うだろうか。きっと怒るだろう。泣くに違いない。私は自分が家族にまた会いたいという以上に、残された彼らがどれほど傷つくかを想像して、死にたくないとはじめて強く思いました。

意識が戻ったとき、私はずだ袋を頭にかぶせられ、トラックのなかにいました。連れて行かれたのは、ヤンゴンから車で数時間の距離にある監獄でした。到着したときは、おそらく夜だったと思います。でもそのときの記憶は、あまり残っていません。というのも数日にわたって、休憩もなく尋問がつづいたからです。どういった経緯で集会に参加し、他にどんな仲間がいたのか。誰に誘われ、誰を誘ったのか。暴力的な尋問が終わったとき、時間の感覚はめちゃくちゃで、心身ともに衰弱しきっていました。

その監獄は、主に政治犯を収監するための施設でした。深い森に囲まれた敷地内には、雑木林や畑があり、その中心に監獄が佇んでいました。監獄には、囚人が日用品をつくるための作業場、医務室、倉庫、厨房、そして百以上の独房があります。独房は各二メートル半四方の狭さでしたが、逮捕者が急増したせいで、軍は二段ベッドを導入し、無理やり二人ずつを押し込めていました。

私が入った房にも、先客が一人いました。彼のことをHと呼ぶことにしましょうか。Hは私よりもひとまわり年上で、話し方がまず印象的な男でした。いつ誰と話すときも、ゆったりと落ち着き払って言葉を選ぶのです。その話し方は、どんな嵐にもびくともしない、頑丈で大きな家を連想させせました。

「どこの出身かな」

そう訊ねられ、私は故郷の名前を答えました。するとHは、私の故郷で話されている言葉で、「はじめまして」と改めて挨拶をしたのです。私は目を丸くしました。その言葉をしゃべれる他の土地の人と出会ったことがなかったからです。むしろ私は人前で地元の言葉を話さないようにしていました。

「どうしてその言葉を知っているのですか」

「昔、軍から逮捕されそうになって、国境付近の難民キャンプに逃げたことがあってね。ちょうど君の故郷の近くだよ。そこで、現地の人たちから親切にしてもらって、言葉を教えてもらったんだ」

詳しく話を聞くと、Hが身をひそめた武装勢力とは、ひと世代前の過激なグループでした。軍に駆逐《くちく》されてからも、ジャングルに立てこもり、内ゲバにまで発展したという噂の、いわば民主化運動の苛酷な最前線です。そこで生き抜いたなんて、と私は度肝を抜かれました。そのあともHには驚かされることの連続でした。

まずHは一部の看守と、他愛のないおしゃべりを楽しんでいました。看守のなかには、自らすすんで看守になった者もいれば、もとは地元の農民だったけれども、監獄の増設にともなって成り行きで看守にさせられた者もいます。後者の看守にとって、殺しも盗みもしていない囚人たちは「犯罪者」ではなく、よく分からない思想のために反逆した、ただの「変わり者」にすぎませんでした。なかには、同情的な態度を見せる看守もいたほどです。Hはそんな看守の内面を見抜き、何人かと対話を重ねていました。そんなことができたのは、僕の知る限りHだけでした。

つぎにHは監獄にいるとは思えないほど、穏やかな顔つきをしていました。言うまでもなく、監獄での時間は非常に厳しいものでした。とくにその監獄は、不衛生なために疫病が蔓延《まんえん》し、壁も床も虫に食われてボロボロです。ベッドにはトコジラミが潜み、いつも身体《からだ》は赤く斑点状に腫《は》れ上《あ》がっていました。労働時間も長く、とくに暑い日には、立っているだけで体力を奪われます。身体の弱い囚人は、すぐに命を落としました。私もはじめのうち、あまりのつらさに毎晩涙が止まりませんでした。それなのに、Hはいつだって動じなかったのです。

ある夜、泣きべそをかいていた私に「なにがそんなにつらいのか」と訊ねました。八月八日の集会で行方《ゆくえ》が分からなくなった無実の友人たちのことが頭から離れないという話をすると、Hは「つらかったね」と言って、歌を歌ってくれました。ミャンマーの人々から愛されるパダウの花を歌った昔の民謡です。Hの低くて小さな歌声を聴いていると、私の脳裏に故郷やヤンゴンでのさまざまな光景が思い浮かび、気がつけば投獄されてからはじめて深い眠りについていました。

投獄されてしばらく経った頃、私は夜中にギシギシという物音で目を覚ましました。起き上がると、鍵のかかっているはずの房の鉄格子扉が、ほんの少し開いていたのです。私は慌てて二段ベッドの上段を覗きましたが、寝ていたはずのHの姿がありません。頭が真っ白になりました。無断で出て行ったことがバレてしまえば、Hだけではなく、連帯責任で自分まで懲罰を受けることになります。Hと仲が良い看守もいるとはいえ、棒叩き数十回では済まないに違いありません。

私は房から顔を出しました。すると廊下の奥の扉から出て行くHのうしろ姿が見えました。意を決し、彼を連れ戻すべく、房の外に向かいました。看守たちのいる部屋の前をおそるおそる通り過ぎたとき、彼らが居眠りをしている姿が見えました。当時のミャンマー政府は今よりも貧しく、監視カメラを各所に取り付けたり、教育を受けた看守を十分に配置したりする経済的余裕はなかったのでしょう。おかげでさほど苦労せず、外に出ることができました。敷地は深い森の木々に囲まれていたので、たとえ脱獄しても、命はないと考えられていたのかもしれません。

ヤンゴンはミャンマー最大の都市といっても、少し離れれば辺りは未開のジャングルです。周囲に人工的な明かりはないので、日が沈むとたちまち真っ暗な別世界になります。でも幸いにして、その夜は満月が浮かんでいて、昼間の蒸し暑さとは一変し、涼しげな青い光が草むらをきらきらと染めていました。虫たちの合唱に包まれるなか、私はHのことを探しました。敷地内には、看守の目があまり行き届かない、森林になったエリアがあります。囚人たちはその木を伐採するという労働に従事していました。Hはそちらに行ったのではないかと直感し、私は草地に分け入って小声でHを呼びました。

「どうしてここに？」

ふり返ると、手に枕を持ったHが立っていました。

「肝を冷やしましたよ！　あなたが出て行くのが見えたので、追いかけて来たんです」

「君は早く房へ戻るんだ」

「待ってください、あなたはどこに行くんです」

しかしHは答えようとしません。ただ黙って、私のことを見つめています。やがて諦めたように息を吐くと、「気になるなら一緒に来るといい。ただし、見つかっても責任はとれないよ」と言って、森の奥へと進んで行きました。

月の光に照らされた、木々の縞《しま》状の陰影の上を、私たちは黙々と歩きました。足枷《あしかせ》も手錠もなく外にいると、自由になった錯覚をおぼえました。夢のなかにいる心地でした。この森の向こうに故郷が待っていたら、どれだけ素晴らしいだろう――そんなことを考えていると、一本の巨大な樹木の前で、Hは立ち止まりました。そしてその根本にしゃがみ込み、穴を掘りはじめたのです。そこには以前にも掘った形跡がありました。しばらくすると、穴から汚れた白い袋が出てきました。よく見ると、それは袋ではなくて、房で使用している古い枕でした。

「なんですか、それは」

私が訊ねると、Hは黙ってその袋を開けました。なかから出てきたのは、何枚ものロンジー――男女ともに身に着けているミャンマーの伝統的な巻きスカートでした。支給された私たちの囚人服もロンジーです。広げれば、縦五十センチ、横一メートルほどの長方形になります。Hが広げたそのロンジーには、信じられないことに、色とりどりの絵具でなにかが描かれていました。

「まさか、ポンサンを？」

Hは肯きました。

囚人にとって、もっとも苛酷な時間のひとつである点呼のことを、私たちはミャンマー語で「定型」を意味する「ポンサン」と名付けていました。ロンジーには、何百人という数の点呼がなされるあいだ、正座をして手を膝のうえにのせる、というつらい姿勢を強制される大勢の囚人たちの姿が描かれていたのです。不思議とその絵を見ていると、人が個性や自由を持つことを否定するような、つらい時間に耐えなければならない痛みや屈辱が、生々しくよみがえるようでした。それほどロンジーに描かれた絵には、写真よりもリアルな迫真性が宿されていました。

その絵の力強さに圧倒されつつも、私の頭につぎつぎに疑問が浮かびます。

「どうやって絵具を入手したんです？　というか、なぜこんな絵がここにあるんです」

「協力してくれる看守がいるんだ。房の鍵も、その看守から預かっていてね」

枕カバーのなかには他にも、さまざまな絵が詰まっていました。怖い色使いで描かれた肖像画もあれば、希望を感じさせるような明るい色彩の風景画もありました。それらはHが命がけで刻みつづけてきた魂の日記でした。日々うつろいゆく感情や監獄の様子が、人知れず絵に生まれ変わっていたのです。その夜、Hが房から持ち出していた枕のなかにも、絵の描かれたロンジーが大量に詰め込まれていました。それらの絵は、みんなが寝静まったあと、一人ベッドのうえで描いたものだとHは説明しました。

「つまり、あなたは房で描いた絵を、この穴に隠しに来たわけですか」

「房では持ち物検査が厳しいから」

「でもどうして？　どうしてこんな危険を冒して」

「難しい質問だね。自分一人のためじゃない。言うなれば、未来のためだ。今起こっていることを忘れないよう、記録しているんだよ」

聞けば、Hが軍から目をつけられたきっかけは、ミャンマーの伝統芸能であるアニエインの劇団に所属し、政府を風刺するような喜劇を発表したからでした。この監獄には、彼の他にも作家や学者といった人々が閉じ込められていました。彼は芸術家である以上、ここで起こったことを記録しなくちゃいけない。そうする責任があると言いました。外の世界には協力者も何人かいるらしく、いずれこれらの作品を発表するのだ、と。

私が言葉を失っていると、Hは天を仰いでこう説明しました。どんな状況下でも、悲観的に捉えるのはよくない。逆にチャンスだと考えれば、おのずとやるべきことが見えてくる。隔離された監獄で、諦めるのか、それとも乗り越えるのかは自分次第だ。僕の答えは、つくりつづけること、文字ではなく絵にして現実を伝えること。それが自分にとって、社会に果たさなければならない責任だと思うから、と。

私はそれまで袋小路に迷い込んでいた自分の有り様に、はじめて思い当たりました。不条理さに絶望するあまり、誰かのせいにして、怒りの矛先ばかりを探していたけれど、大抵なにも解決せず自己嫌悪や後味の悪さが残るだけでした。

Hがなぜ今まで自由でいられたのか、私はやっと理解しました。彼の視線を追って天を仰ぐと、久しぶりに目にする夜空には、記憶よりもたくさんの星が絶えず瞬《またた》いていました。殺伐《さつばつ》とした監獄の上空でも、こんなにも多くの星々が光を放っていたことを、私は知りませんでした。

監獄に入って五年目に、Hの人格をよく表す出来事が起こりました。その頃、所長の人事異動があって、軍事政権の中枢から派遣された若いエリートが就任し、監獄での生活はいっそう厳しいものになっていました。所長は真っ先にHに目をつけて、しばらく彼を暗ぐせまい懲罰房に閉じ込めたのです。Hの存在が囚人たちの精神的な支えとなっていることを、鋭く見抜いたのでしょう。私を含めた他の囚人は、「なにも悪さをしていないHがなぜ不当に罰せられねばならないのか」と異議申し立てをしましたが、もちろん通りませんでした。監獄のなかにピリピリした閉塞《へいそく》感が漂うなか、数週間後、Hが懲罰房から出てきました。

衰弱したHは非人道的な行ないをする所長に対して、一切文句を言いません。他の囚人たちは強かったはずのHが恐れをなして、所長に屈服したのではないかと囁《ささや》き合いました。けれどもHはそうした誹《そし》りも意に介していない様子で、淡々と労働に従事するだけでした。私は奇妙に思って、ある夜Hに訊ねました。

「懲罰房でどんなひどいことをされたんですか」

「なにもされていないよ。ただ暗闇に閉じ込められただけで」

「脅されていないなら、どうして黙っているんです？　不当な扱いをされたのに」

私が問うと、Hは小窓の方を見ました。

「所長だけが悪いんだろうか？　僕はそうは思わない。たとえば、僕たちは『労働』と称して日々この辺りの森林を伐採しているけれど、なかには樹齢何百年という古木もある。それをものの十分で躊躇なく切り倒してしまうなんて、残酷で卑劣な行為だと思わないかい。でも僕たちにとっては、生き抜くために避けられない行為だから、やるしかない。それと同じで、君の目には当たり前に正しい行為にうつっていても、見方によっては悪でしかないことは多々ある。保身や報復。どんな行ないにも、じつは邪悪な面が必ず潜んでいる。だったら僕はせめて寛容でありたい。どんなに間違ったことをしても、長い目で見ればいい方向に向かっていると信じたい。国に対しても、同じ感情を持っているんだ」

「民主主義国家になると信じている、と？」

「いや、僕は政治家じゃないから、それは分からないよ。民主主義が他の国ではどんなに素晴らしい思想だったとしても、この国の土壌で花開くかどうかは別問題だから。でも少なくとも、僕みたいに好きなことを好きなように表現しただけで罪に問われる人がいなくなってほしいと思うよ」

　Hの話を聞きながら、彼がこれまで何人もの看守から信頼を得ていた本当の理由を、私はやっと理解しました。それから所長は二度とHを懲罰房には入れませんでした。いくら暗闇のなかに閉じ込めても、彼には意味がないと諦めたのでしょう。所長はHと距離を置くようになり、Hはそのあとも、大勢の協力を得ながら絵を描きつづけました。

＊

店主はそこまで話すと、席を立った。

僕はミャンマー料理店の壁に掛かった、ロンジーに描かれたHの絵を見つめた。話を聞いた今、まったくの別物にうつる。すべての線、すべての色に、Hや店主が監獄で過ごした時間や、彼らと出会ったたくさんの人々との記憶が閉じ込められているようだった。ロンジーには、店主が話していた「ポンサン」の光景ではなく、頭から木の生えた男の顔が表されている。自画像だろうか。ただしよく見れば、店主にも似ている。どこか影があるけれど、確固たる意志を持った、穏やかな顔つきだ。

「コーヒーでもいかがですか」

店主は言って、ポットをコンロの火にかけた。

「いいですね」

「こんな話をするのは、あなたがはじめてです」

「どうして僕なんかに？」

僕は訊ねた。先日もめ事の仲裁に入ったとはいえ、こんなにもプライベートな話をするだろうか。今まで店内の絵に目を留める客はおらず、僕がはじめて質問したからだろうか。しかし店主は曖昧《あいまい》に笑うだけだった。どこか腑《ふ》に落ちず、考えを巡らせていると、店内にコーヒーの香りが満ちてきた。雨も小降りになっている。自転車に乗ってもさほど濡れなそうだが、僕は店主の話を最後まで聞きたかった。

「Hからあの絵を受け取ったのは、解放されてしばらく経ったときです。囚人たちはとつぜん解放されたので、別れを惜しむ間もありませんでした。私が出所した数ヵ月後、Hも自由になったそうです。でも私はその頃、ヤンゴンを離れて故郷の村に戻っていたので、そのことを知ったのはずいぶんとあとになってからでした」

カウンターにコーヒーカップとソーサーを置くと、店主は話をつづけた——。

九〇年代の終わりに、私は解放されました。その頃、他の囚人たちも続々と出所していたので、いよいよ自分の番が来たのです。十年近い収容生活でした。でも私は解放される喜びよりも、Hをはじめ家族のような絆《きずな》を結んでいた同胞たちと会えなくなる寂しさの方が、はじめから勝《まさ》っていました。

　それに出所後の生活は、私が思い描いていたイメージとはかけ離れたものでした。街並みや政治情勢は、思ったほど変化していませんでした。スーチーは一時的に自宅軟禁を解かれたものの、相変わらず軍の監視下に置かれていましたし、ヤンゴンの雰囲気もピリピリしていました。私は自分たちの活動はなんだったのかと拍子抜けしました。でも対照的に、故郷では大きな変化が起こっていました。一番ショックだったのは、父が病気で亡くなっていたことです。政治犯はどんな事情があっても、弁護士や家族との面会を禁止されていたので、訃報《ふほう》さえも知らされなかったのです。

　私の実家は、父子家庭でした。母は私が子どもの頃に、事故で亡くなっていたので、姉と三人で助け合って暮らしていました。父も姉も、私がヤンゴンの大学に合格したとき、自分のことのように喜んでくれました。とくに父は、田舎を出たことのないうちの家系から大卒者が出るのが夢だったのだと、涙ながらに語っていました。しかし結局、息子はその夢を叶えるどころか政治犯となったわけです。

「あなたが心配をかけなければ、お父さんの容態はあれほど悪化しなかった」

　二児の母となっていた姉は、家族を危険に晒《さら》した私を簡単には許しませんでした。

　私は父の友人や、父が通っていた寺院を訪ねて、亡くなる前の父について訊き回りました。父は私の逮捕後、何度か軍に拘束され、尋問を受けていたそうです。また実家もつねに監視され、気の休まらない日々を余儀なくされていました。それでも父は、息子がやったことは正しいのだ、と周囲に話していたそうです。それを聞いて、私は父に謝ることのできない無念さに打ちのめされました。

投獄されたときよりも、解放されたときの方がつらいとは、想像もしませんでした。監獄にいた頃は、外の世界でまた人生をやり直すのだという希望を持てました。理不尽な状況にあっても、他の囚人たちと同じ目標に向かって頑張れました。でもいざ出てみると、とつぜん荒波で切り離された一隻《せき》のゴムボートのように、航路さえ分からず、いつ沈んでもおかしくない状況に陥ったのです。

私は仕事を探しましたが、元受刑者として扱われたせいで、困難を極めました。さらにミャンマーの人々の価値観も少しずつ変化し、政府が私たち少数民族を排斥《はいせき》する政策を強化しはじめたことも、無関係ではないでしょう。

ええ、私は少数民族の出身です。

おかげで幼い頃から、数えきれないほど理不尽な目に遭わされてきました。八〇年代の民主化運動では、そういうルーツを持つ市民も多く参加していたので、民族の隔てなく、みんなが一丸となって自由を追い求めていました。しかしいざ民主化が実現されると、少数民族のグループは切り離されてしまったわけです。

長く貧しい時代に人々は倦《う》み、誰しもが自分たちの不満や苦しみのはけ口を必要としていました。とくに私の実家は、父に商才があったおかげで、昔それなりに余裕のある生活を送っていたのです。だから妬《ねた》みゆえに余計煙たがられたのかもしれません。「おまえはミャンマー人ではない、国から出て行け」とも蔑まれました。

それでも、父の知り合いが声をかけてくれて、村の小さな料理店で見習いの仕事を与えられました。料理の経験はほとんどありませんでしたが、すぐに自分に向いていると確信しました。ルーティンを丁寧にこなすことは得意だし、誰かのために美味しいものをつくることにも大きなやりがいを見出しました。

やがてその店で働いていた娘に、私は恋をしました。物静かですが、仕事熱心な女性でした。訊けば、彼女もまた少数民族の出身で、若くして父親を亡くしていました。大多数とは異なる出自を持つがゆえに、仕事を得てからも村で馴染めず、人との関わりを避けていたようです。私たちは結婚して、家庭をつくりました。

しかし政府からは、少数民族への非人道的な政策がつぎつぎに打ち出され、私たちの不安は日々大きくなりました。私は強制労働所に送られたり、妻を無残に殺されたりする悪夢にうなされ、よく夜中に飛び起きました。そういうとき、しばらく震えが止まらず、妻を起こすのです。妻はなにも言わずに、私の背中をさすってくれました。テレビでは、ヤンゴンでの民主派の集会について連日報道がなされていましたが、私たちは目を背けずにはいられませんでした。

そんなとき、働いていた料理店に、ある人物が訪ねて来ました。

「あなたの友人らしいけど」

妻が不安そうに声をかけてきて、私は客席を覗きました。入り口に立っていたのは、思いがけずHでした。白髪《しらが》やしわが増えてもなお、目に宿る力は変わっていません。今でも活動を続けているのだろう、と一目見て分かりました。私に目を留めたHは、笑顔で小さく手を上げて合図しました。

「久しぶりだね」

「ええ、また会えるなんて」

私は命の恩人でもあるHに再会できて嬉しい反面、戸惑ってもいました。活動に参加していた過去を隠し、ひっそり暮らしていたからです。昔の同胞から手紙が届いても、読まずに処分していました。目立たなければ、嫌がらせも少なくて済みます。無意味な抵抗をするから苦しいのだ、という結論に至った私は、耐え忍ぶこともひとつの戦いだと考えるようになっていました。そんな今、活動に誘われても困ります。

「君に折り入って頼みがある。君の手の石膏型《せっこう》をとらせてもらえないだろうか。君はただ僕を信頼して、椅子に座っているだけでいいから」

私はすぐには理解できませんでした。

「なんのためにです？」

眉をひそめて訊ねると、Hはほほ笑みました。

「君は以前も同じ質問をしたね。僕は今、あの監獄にいた元囚人を、一人ずつ訪ね歩いているんだ。これまで百人以上の手を集めて来た。君の居場所を突き止めるのには手こずったけれど、君の手は不可欠だと思っているよ」

私は狼狽《うろた》えましたが、Hから真剣なまなざしを向けられて、房内での記憶がよみがえりました。月明かりの下で、はじめてHの描いた絵を見せてもらったこと。ともに瞑想《めいそう》をしたり身体を鍛えたりしたこと。さまざまな芸術家の作品を教えてもらったこと――そういえば、せっかく監獄から出られたのに、私はHから教えてもらったゴッホやピカソといった巨匠の絵を画集などで一度も確認していませんでした。

でも簡単に気を許すことはできません。その石膏の手をなにかの活動に利用されてしまえば、自分も罰せられるでしょう。ビルマ族であるHや他の囚人たちと違って、少数民族である私はより危険な立場にいます。また捕まれば、今の生活はおろか、命さえ奪われるかもしれません。

「今は仕事で忙しいだろうから、外で待ってるよ」

「すみませんが、私は協力できません。お引き取りください」

私は答え、Hに背を向けました。

Hは反論もせず、あっさりと諦めました。

「いきなり押しかけて、申し訳なかったね。じつはここに来たのにはもうひとつ理由があって、君に渡したいものがあったからなんだ。よかったら受け取ってほしい。要《い》らなかったら捨ててくれていいから」

ふり返ると、テーブルの上には紙袋がありました。

なかにはHの連絡先を記したメモと、あの絵が入っていました。

そうです、あの絵です。あれには頭から樹木を生やす男の顔が、檻に入れられた状態で描写されていますね。まさにHが月明かりのなか、森林の下に隠そうとした一枚でした。十数年ぶりにその絵を見ていると、奇妙にもその男の顔が、Hの顔と重なりました。また頭から生えている木は、Hがロンジーを枕に詰めて根本に埋めた、敷地内で枝葉を伸ばしていた木のことを思い起こさせました。

私はその夜、一人きりでその絵を眺めながら、監獄の外で見上げた夜空を久しぶりに思い出しました。あのとき見た夜空は、今までの人生のなかで一番きれいでした。苛酷な労働に疲れたとき、心にえがくだけでそっと癒《いや》してくれました。光をえがくことを、私は長いあいだ忘れていたと気がつきました。

翌日、家にHが現れました。昨夜のうちに、私はHから渡された番号に電話をかけて、手を貸してもいいと伝えていたのです。Hは「ありがとう、僕のことを信じてくれて」と答えました。空気の澄んだ、気持ちのいい朝でした。青空の下、近くのゲストハウスから車でやって来たHは、家のとなりの空き地に石膏型をとるための道具を広げました。私は小さな丸椅子に腰を下ろし、その様子を見守りました。

「あれから、どうしていた？」

Hは石膏の準備をしながら訊ねました。

「あまりいい時間だったとは言えませんね」

「でも結婚したんだね」

「料理の楽しさも憶えました」

悪い十年じゃなかったかもしれない。私はHの前でなら、不思議と自分を認めることができました。他愛のない話をぼそぼそとしながら、Hは床屋で使うようなケープを私の肩にかけて、私の手をとりました。たくさんのものをつくり出してきたHの分厚い手は、やわらかくて温かく、私の心のなかで今も痛みつづける傷痕をも、じっくりと確かめるようでした。

「他の絵は？」

「無事にすべて外に運び出せたよ。合計三百枚ほどになった」

「たいしたものですね」

「ありがとう、君の協力のおかげさ。今は海外の美術館に渡って、多くの人の目に触れているんだ」

「あなたが言っていた通りになったじゃないですか」

この状況を伝える責任がある、だからいずれは外の世界で発表するつもりだ、とHが話していたのを思い出し、私は感激しました。Hは解放されたあと、ヤンゴンの大学に戻って美術を学び直し、その後もボランティアで監獄に通って、造形教室を開いているそうです。

Hはそんな近況を話しながら、私の腕に包帯を巻きました。Hは慣れた手つきで、水と石膏を含ませたガーゼを、一枚ずつ肌に当てていきました。黙ってHに身を委ねながら、私はなぜか泣き出しそうでした。巻き終わると、やがてギプスが熱を帯びはじめました。熱すぎず、じわりと染み入るような温度です。その熱を発しながら、ギプスは水分を蒸発させ、頑丈になります。

「もうミャンマーを出ようと思います」

口に出したとたん、私の心も固まりました。

その決断はつまり、祖国に二度と帰れなくなることをも意味しています。

Hは作業をする手を止めて、私を見上げました。

「じつは最近、ずっと考えていたんです。私は一度捕まっていますし、もしつぎにまたなにかがあったら、命はないかもしれません。妻のことも、守りきれないかもしれない。この国は変革期にあって、未来のことは誰にも分かりません。だから逃げるなら、今が最後のチャンスだと思うんです」

Hは深く息を吐いて、私の手をぎゅっと握りました。

「僕に出来ることがあったら、なんでも協力するよ」

やがて石膏が乾ききり、ふたつに割る工程に入りました。その作業には、信頼関係が求められます。皮膚と石膏のすきまにカッターの刃を当てるあいだ、私はじっと手を預けなければならないからです。私はHが少しずつ刃で石膏を割る様子を見守りながら、学生時代に参加した運動のことを思い出しました。あのとき、私はなにも怖くはありませんでした。それは単に、若くて愚かだったからだけではないのかもしれません。

「この型は、どうなるんですか」

「分からない。僕の目的は、腕の石膏をとることそれ自体じゃないからね」

なるほど、と私は思いました。

監獄にいたときからそうでしたが、Hにとってつくりつづけることは、結果として完成するもののためではなく、別のなにかを達成するための手段に過ぎませんでした。彼がわざわざ手の石膏型を取りに来たのは、同胞たちと再会し、時間や立場の壁を乗り越え、現在と過去をつなぐためでした。

＊

ここまで店主の話を聞いて、僕はやっと思い当たった。

この街では、ベトナム、カンボジア、インドネシアといった東南アジアの国々から、五千人を超える難民の受け入れや支援を行なっていて、今も彼らの数は増えつづけているというニュースを以前目にしたことを。このミャンマー料理店の店主は、そのうちの一人だったのだ。

「日本で暮らすHの知人が、難民を保護する活動をしていました。彼らの協力のおかげで、私たち家族は日本に渡ることができました。はじめはいつ連れ戻されるかと不安でしたが、なんとか今まで生きて来られました」

店主いわく、来日直後は、夜勤のアルバイトで生計を立てながら、まず日本語を学んだという。そして必死にお金を貯めて、念願の店を持った。この街には、彼と同じ少数民族の出身者がいるので、お互いに協力しながら商売をしているらしい。

「私たちは、本当に運がよかったと思っています。ミャンマーでは民主化が行なわれたとはいえ、一部の市民にとっては、平和とは程遠い状況ですからね。姉たちは相変わらず怯えながら暮らしています。それに難民申請をしても、受け入れられない例がほとんどです。だからとにかく私は、今の幸せに感謝しています」

そこまで話すと、店主はHの絵を見上げた。

「ところで、Hさんが石膏型をとった手は、今どこにあるんですか」

「展示風景の写真があります」

店主はスマホを手に取って操作し、僕に手渡した。画面には、数え切れない石膏の手がうつっていた。よく見ると、ひとつずつ長さや太さが異なる。持ち主は例外なく、同じ時期に収容されていた囚人たちだという。壁に三段取り付けられた棚に、肘から指先にかけての白い腕が、ずらりと並んでいる。それらの手は、なにかを訴えかけるようでもあり、こちらに差し伸べられているようでもあった。

「でももう、これらの手は存在しないんです」

僕は顔を上げて、店主を見た。

「どういうことですか」

「H本人によって粉砕《ふんさい》されました。じつは今朝、Hから連絡があったのです」

僕の驚きを受け止め、店主はこうつづけた。

「きっとHは、そのパフォーマンスも含めて表現したかったのでしょう。民主化を経てもなお、複雑な問題が山積し、絡《から》み合っているミャンマーでは、善は悪であり、悪は善でもあります。もしこのまま手を残しておけば、力強いこの作品は、皮肉にも『民主化を達成して平和になったミャンマー』という安易なイメージの補強材に利用されてしまう危険がありました。現実はそれほど単純ではなく、ハッピーエンドとして終わってもいないのに。だから手を最後に壊すことは避けられない答えだったとHは話していました」

「ちょっと、悲しいですね」

「でもHらしいです」

「なるほど」

だから店主は、お互いのことをほとんど知らない僕に、Hの話をしたのか。僕はやっと腑に落ちた。Hの作品がこの世からなくなったことを、誰かと共有せずにはいられなかったのだろう。僕は話し相手に選ばれたことを幸運に思いつつ、改めてスマホの写真を見つめた。たくさんの手に囲まれた空間に、もし立つことができたら。たとえそれらの手が訴求する世界が幻想のように儚《はかな》くて、実現されない絵空事《えそらごと》だとしても。

「Hさんはたいした人ですね」

店主は肯き、ふたたび壁に掛けられた絵を見た。

「思い返せば、私は彼に、どうしてつくるのかとたびたび訊ねていました。彼のような人間と出会ったことがなかったので、不可解だったんですね。でも今なら、よく分かります。間違いなく、彼がつくったものがなければ、私は生き延びられませんでした。Hとの出会いがなければ、とっくの昔に死んでいたでしょう。だから私も、Hが自身の目と手を通じてつくり出すものが、なにかにつながると信じています」

おもてに出ると、肌がちくちくするような、湿度の高い暑さに包まれた。雨は止《や》んでいたが、またしても熱帯夜である。

ミャンマーの夜は、これよりも暑いのだろうか。僕はポケットからスマホを出して、ヤンゴンの天気をアプリで調べた。摂氏三十度、降水確率九十パーセント。でも僕にはそれだけの数字では、暑いのか涼しいのか、不快なのか心地いいのか、なにも分からなかった。それと同じくらい、ミャンマー料理店の店主の苦労は想像もつかない。僕は自転車にまたがり、どこまでもつづくような平坦な大通りで風を切りながら、分厚い雲の向こうで人知れず輝いている星々のことを思った。

●本書は二〇二一年六月に、小社より刊行されました。
文庫化にあたり、一部を加筆・修正しました。

|著者| 一色さゆり　1988年、京都府生まれ。東京藝術大学美術学部芸術学科卒。香港中文大学大学院修了。2015年、『神の値段』で第14回『このミステリーがすごい！』大賞を受賞して作家デビューを果たす。主な著書に『ピカソになれない私たち』、『コンサバター 大英博物館の天才修復士』からつづく「コンサバター」シリーズ、『飛石を渡れば』など。近著に『カンヴァスの恋人たち』がある。

光《ひかり》をえがく人《ひと》

一色《いっしき》さゆり

2023年6月15日第1刷発行

発行者――鈴木章一
発行所――株式会社　講談社
東京都文京区音羽2-12-21　〒112-8001
電話　出版（03）5395-3510
　　　販売（03）5395-5817
　　　業務（03）5395-3615

講談社文庫
定価はカバーに表示してあります

KODANSHA

デザイン―菊地信義
本文データ制作―講談社デジタル製作
印刷―――株式会社KPSプロダクツ
製本―――株式会社国宝社

ISBN978-4-06-532065-5

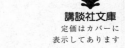

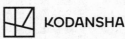

講談社文庫刊行の辞

二十一世紀の到来を目睫に望みながら、われわれはいま、人類史上かつて例を見ない巨大な転換期をむかえようとしている。

世界も、日本も、激動の予兆に対する期待とおののきを内に蔵して、未知の時代に歩み入ろうとしている。このときにあたり、創業の人野間清治の「ナショナル・エデュケイター」への志を現代に甦らせようと意図して、われわれはここに古今の文芸作品はいうまでもなく、ひろく人文・社会・自然の諸科学から東西の名著を網羅する、新しい綜合文庫の発刊を決意した。

激動の転換期はまた断絶の時代である。われわれは戦後二十五年間の出版文化のありかたへの深い反省をこめて、この断絶の時代にあえて人間的な持続を求めようとする。いたずらに浮薄な商業主義のあだ花を追い求めることなく、長期にわたって良書に生命をあたえようとつとめるところにしか、今後の出版文化の真の繁栄はあり得ないと信じるからである。

同時にわれわれはこの綜合文庫の刊行を通じて、人文・社会・自然の諸科学が、結局人間の学にほかならないことを立証しようと願っている。かつて知識とは、「汝自身を知る」ことにつきていた。現代社会の瑣末な情報の氾濫のなかから、力強い知識の源泉を掘り起し、技術文明のただなかに、生きた人間の姿を復活させること。それこそわれわれの切なる希求である。

われわれは権威に盲従せず、俗流に媚びることなく、渾然一体となって日本の「草の根」をかたちづくる若く新しい世代の人々に、心をこめてこの新しい綜合文庫をおくり届けたい。それは知識の泉であるとともに感受性のふるさとであり、もっとも有機的に組織され、社会に開かれた万人のための大学をめざしている。大方の支援と協力を衷心より切望してやまない。

一九七一年七月

野間省一

講談社文庫 最新刊

東野圭吾
どちらかが彼女を殺した〈新装版〉
東野圭吾による究極の推理小説——容疑者は二人、答えはひとつ。加賀恭一郎シリーズ。

砂原浩太朗
高瀬庄左衛門御留書
武家物の新潮流として各賞を受賞し話題に。人生の悲喜をすべて味わえる必読の時代小説。

真梨幸子
まりも日記
イヤミスの女王が紡ぐ猫ミステリー。愛しい飼い猫に惑わされた人々の人生の顚末は……？

珠川こおり
檸檬先生
悩める少年の人生は、共感覚を持つ少女との出会いで一変する！　令和青春小説の傑作。

風野真知雄
潜入 味見方同心㈥〈肉欲もりもり不精進《ふしょうじん》料理〉
看板を偽る店を見張る魚之進《うおのしん》。将軍暗殺を阻めるか。大人気シリーズ、いよいよ完結へ！

知野みさき
江戸は浅草5〈春の捕物〉
流れ者も居着けば仲間になる。江戸の長屋人情を色鮮やかに描き出す大人気時代小説！

鯨井あめ
アイアムマイヒーロー！
『晴れ、時々くらげを呼ぶ』の著者が紡ぐセンス・オブ・ワンダー溢れる奇跡的長編小説！

藤本ひとみ
数学者の夏
一人でリーマン予想に挑む予定の夏休み、天才高校生が伊那谷の村で遭遇した事件とは？

いとうせいこう
「国境なき医師団」をもっと見に行く〈ガザ、西岸地区、アンマン、南スーダン、日本〉
パレスチナなど紛争地に生きる人々の困難と希望を、等身大の言葉で伝えるルポ第2弾。

講談社文庫　目録

芥川龍之介　藪の中
有吉佐和子　新装版 和宮様御留
阿刀田　高　ナポレオン狂
阿刀田　高　新装版 ブラック・ジョーク大全
安房直子　春の窓〈安房直子ファンタジー〉
相沢忠洋　「岩宿」の発見〈幻の旧石器を求めて〉
赤川次郎　偶像崇拝殺人事件
赤川次郎　人間消失殺人事件
赤川次郎　三姉妹探偵団
赤川次郎　三姉妹探偵団2〈キャンパス篇〉
赤川次郎　三姉妹探偵団3〈珠美・初恋篇〉
赤川次郎　三姉妹探偵団4〈怪奇篇〉
赤川次郎　三姉妹探偵団5〈復讐篇〉
赤川次郎　三姉妹探偵団6〈危機一髪篇〉
赤川次郎　三姉妹探偵団7〈駈け落ち篇〉
赤川次郎　三姉妹探偵団8〈人質篇〉
赤川次郎　三姉妹探偵団9〈青ひげ篇〉
赤川次郎　三姉妹探偵団10〈父恋し篇〉
赤川次郎　死が小径をやってくる〈三姉妹探偵団11〉

赤川次郎　死神のお気に入り〈三姉妹探偵団12〉
赤川次郎　次女と野獣〈三姉妹探偵団13〉
赤川次郎　心地よい悪夢〈三姉妹探偵団14〉
赤川次郎　ふるえて眠れ、三姉妹〈三姉妹探偵団15〉
赤川次郎　三姉妹、呪いの道行〈三姉妹探偵団16〉
赤川次郎　三姉妹、初めてのおつかい〈三姉妹探偵団17〉
赤川次郎　恋の花咲く三姉妹〈三姉妹探偵団18〉
赤川次郎　月もおぼろに三姉妹〈三姉妹探偵団19〉
赤川次郎　三姉妹、ふしぎな旅日記〈三姉妹探偵団20〉
赤川次郎　三姉妹、清く貧しく美しく〈三姉妹探偵団21〉
赤川次郎　三姉妹と忘れじの面影〈三姉妹探偵団22〉
赤川次郎　三姉妹、舞踏会への招待〈三姉妹探偵団23〉
赤川次郎　三人姉妹殺人事件〈三姉妹探偵団24〉
赤川次郎　三姉妹、さびしい入江の歌〈三姉妹探偵団25〉
赤川次郎　三姉妹、恋と罪の峡谷〈三姉妹探偵団26〉
赤川次郎　静かな町の夕暮に
赤川次郎　キネマの天使〈レンズの奥の殺人者〉
新井素子　グリーン・レクイエム〈新装版〉
安能務 訳　封神演義　全三冊

安西水丸　東京美女散歩
綾辻行人　殺人方程式〈切断された死体の問題〉
綾辻行人　鳴風荘事件 殺人方程式II
綾辻行人　十角館の殺人〈新装改訂版〉
綾辻行人　水車館の殺人〈新装改訂版〉
綾辻行人　迷路館の殺人〈新装改訂版〉
綾辻行人　人形館の殺人〈新装改訂版〉
綾辻行人　時計館の殺人〈新装改訂版〉
綾辻行人　黒猫館の殺人〈新装改訂版〉
綾辻行人　暗黒館の殺人　全四冊
綾辻行人　びっくり館の殺人
綾辻行人　奇面館の殺人 (上)(下)
綾辻行人　どんどん橋、落ちた〈新装改訂版〉
綾辻行人　緋色の囁き〈新装改訂版〉
綾辻行人　暗闇の囁き〈新装改訂版〉
綾辻行人　黄昏の囁き〈新装改訂版〉
綾辻行人　人間じゃない〈完全版〉
綾辻行人ほか　7人の名探偵
我孫子武丸　探偵映画

講談社文庫　目録

我孫子武丸　新装版 8の殺人
我孫子武丸　眠り姫とバンパイア
我孫子武丸　狼と兎のゲーム
我孫子武丸　新装版 殺戮にいたる病
有栖川有栖　ロシア紅茶の謎
有栖川有栖　スウェーデン館の謎
有栖川有栖　ブラジル蝶の謎
有栖川有栖　英国庭園の謎
有栖川有栖　ペルシャ猫の謎
有栖川有栖　幻想運河
有栖川有栖　マレー鉄道の謎
有栖川有栖　スイス時計の謎
有栖川有栖　モロッコ水晶の謎
有栖川有栖　インド倶楽部の謎
有栖川有栖　カナダ金貨の謎
有栖川有栖　新装版 マジックミラー
有栖川有栖　新装版 46番目の密室
有栖川有栖　虹果て村の秘密
有栖川有栖　闇の喇《らっ》叭《ぱ》

有栖川有栖　真夜中の探偵
有栖川有栖　論理爆弾
有栖川有栖　名探偵傑作短篇集 火村英生篇
浅田次郎　勇気凛凛ルリの色
浅田次郎　霞町物語
浅田次郎　ひとは情熱がなければ生きていけない〈勇気凛凛ルリの色〉
浅田次郎　シェエラザード(上)(下)
浅田次郎　歩兵の本領
浅田次郎　蒼穹の昴 全四巻
浅田次郎　珍妃の井戸
浅田次郎　中原の虹 全四巻
浅田次郎　マンチュリアン・リポート
浅田次郎　天《てん》子《し》蒙《もう》塵《じん》 全四巻
浅田次郎　天国までの百マイル
浅田次郎　地《メ》下《ト》鉄《ロ》に乗って〈新装版〉
浅田次郎　おもかげ
浅田次郎　日輪の遺産〈新装版〉
青木玉　小石川の家
天樹征丸 画・さとうふみや　金田一少年の事件簿 小説版〈オペラ座館・新たなる殺人〉

天樹征丸 画・さとうふみや　金田一少年の事件簿 小説版〈雷《いかずち》祭《まつり》殺人事件〉
阿部和重　アメリカの夜
阿部和重　グランド・フィナーレ
阿部和重　A B C〈阿部和重初期作品集〉
阿部和重　ミステリアスセッティング
阿部和重　IP/NN 阿部和重傑作集
阿部和重　シンセミア(上)(下)
阿部和重　ピストルズ(上)(下)
阿部和重　アメリカの夜 インディヴィジュアル・プロジェクション〈阿部和重初期代表作Ⅰ〉
阿部和重　無情の世界 ニッポニアニッポン〈阿部和重初期代表作Ⅱ〉
甘糟りり子　産む、産まない、産めない
甘糟りり子　産まなくても、産めなくても
赤井三尋　翳《かげ》りゆく夏
あさのあつこ　NO.6（ナンバーシックス）#1
あさのあつこ　NO.6（ナンバーシックス）#2
あさのあつこ　NO.6（ナンバーシックス）#3
あさのあつこ　NO.6（ナンバーシックス）#4
あさのあつこ　NO.6（ナンバーシックス）#5
あさのあつこ　NO.6（ナンバーシックス）#6

あさのあつこ　NO.6〔ナンバーシックス〕#7
あさのあつこ　NO.6〔ナンバーシックス〕#8
あさのあつこ　NO.6〔ナンバーシックス〕#9
あさのあつこ　NO.6beyond〔ナンバーシックス・ビヨンド〕
あさのあつこ　待　っ　て　る〈橘屋草子〉
あさのあつこ　さいとう市立さいとう高校野球部(上)(下)
あさのあつこ　甲子園でエースしちゃいました〈さいとう市立さいとう高校野球部〉
あさのあつこ　お　れ　が　先　輩　？〈さいとう市立さいとう高校野球部〉
阿部夏丸　泣けない魚たち
朝倉かすみ　肝、焼　け　る
朝倉かすみ　好かれようとしない
朝倉かすみ　ともしびマーケット
朝倉かすみ　感　応　連　鎖
朝倉かすみ　たそがれどきに見つけたもの
朝比奈あすか　憂鬱なハスビーン
朝比奈あすか　あの子が欲しい
天野作市　気　高　き　昼　寝
天野作市　みんなの旅行
青柳碧人　浜村渚の計算ノート
青柳碧人　浜村渚の計算ノート　2さつめ〈ふしぎの国の期末テスト〉
青柳碧人　浜村渚の計算ノート　3さつめ〈水色コンパスと恋する幾何学〉
青柳碧人　浜村渚の計算ノート　3と1/2さつめ〈ふえるま島の最終定理〉
青柳碧人　浜村渚の計算ノート　4さつめ〈方程式は歌声に乗って〉
青柳碧人　浜村渚の計算ノート　5さつめ〈鳴くよウグイス、平面上〉
青柳碧人　浜村渚の計算ノート　6さつめ〈パピルスよ、永遠に〉
青柳碧人　浜村渚の計算ノート　7さつめ〈悪魔とポタージュスープ〉
青柳碧人　浜村渚の計算ノート　8さつめ〈虚数じかけの夏みかん〉
青柳碧人　浜村渚の計算ノート　8と2分の1さつめ〈つるかめ家の一族〉
青柳碧人　浜村渚の計算ノート　9さつめ〈恋人たちの必勝法《マーチンゲール》〉
青柳碧人　霊視刑事夕雨子《ゆうこ》1〈誰かがそこにいる〉
青柳碧人　霊視刑事夕雨子2〈雨空の鎮魂歌《レクイエム》〉
朝井まかて　花《はな》　競《くら》　べ〈向嶋なずな屋繁盛記〉
朝井まかて　ちゃんちゃら
朝井まかて　す　か　た　ん
朝井まかて　ぬ　け　ま　い　る
朝井まかて　恋　　　歌
朝井まかて　阿《お》蘭《らん》陀《だ》西《さい》鶴《かく》
朝井まかて　藪医《やぶい》　ふらここ堂
朝井まかて　福　　　袋
朝井まかて　草　々　不　一
歩《あゆみ》りえこ　ブラを捨て旅に出よう〈貧乏乙女の"世界一周"旅行記〉
安藤祐介　営業零課《ぜろか》接待班
安藤祐介　被取締役《とりしまられやく》新入社員〈大翔製菓広報宣伝部〉
安藤祐介　お　い　！　山　田
安藤祐介　宝くじが当たったら
安藤祐介　一〇〇〇ヘクトパスカル
安藤祐介　テノヒラ幕府株式会社
安藤祐介　本のエンドロール
青木　理　絞　　首　　刑
麻見和史　石　の　繭〈警視庁殺人分析班〉
麻見和史　蟻《あり》の　階　段〈警視庁殺人分析班〉
麻見和史　水　晶　の　鼓　動〈警視庁殺人分析班〉
麻見和史　虚　空　の　糸〈警視庁殺人分析班〉
麻見和史　聖　者　の　凶　数〈警視庁殺人分析班〉
麻見和史　女　神　の　骨　格〈警視庁殺人分析班〉
麻見和史　蝶　の　力　学〈警視庁殺人分析班〉
麻見和史　雨　色　の　仔　羊〈警視庁殺人分析班〉

池井戸 潤 ノーサイド・ゲーム
石田衣良 LAST［ラスト］
石田衣良 東京DOLL
石田衣良 てのひらの迷路
石田衣良 40《フォーティ》 翼ふたたび
石田衣良 s e x
石田衣良 逆《さか》島《しま》断《たつ》雄《お》〈進駐官養成高校の決闘編1〉
石田衣良 逆島断雄〈進駐官養成高校の決闘編2〉
石田衣良 逆島断雄〈本土最終防衛決戦編1〉
石田衣良 逆島断雄〈本土最終防衛決戦編2〉
石田衣良 初めて彼を買った日
井上荒野 ひどい感じ―父・井上光晴
稲葉 稔 椋鳥の影〈八丁堀手控え帖〉
伊坂幸太郎 チルドレン
伊坂幸太郎 サブマリン
伊坂幸太郎 魔王〈新装版〉
伊坂幸太郎 モダンタイムス(上)(下)〈新装版〉
伊坂幸太郎 PK〈新装版〉
絲山秋子 袋小路の男

石黒 耀 死都日本
石黒 耀 忠臣蔵異聞〈家老 大野九郎兵衛の長い仇討ち〉
犬飼六岐 筋違い半介
犬飼六岐 吉岡清三郎貸腕帳
石川大我 ボクの彼氏はどこにいる？
石松宏章 マジでガチなボランティア
伊東 潤 国を蹴った男
伊東 潤 峠 越え
伊東 潤 黎明に起《た》つ
伊東 潤 池田屋乱刃
石飛幸三 「平穏死」のすすめ〈口から食べられなくなったらどうしますか〉
伊藤理佐 女のはしょり道
伊藤理佐 また！ 女のはしょり道
伊藤理佐 みたび！ 女のはしょり道
石黒正数 外《げ》天《てん》楼《ろう》
伊与原 新 ルカの方《はこ》舟《ぶね》
伊与原 新 コンタミ 科学汚染
稲葉圭《よし》昭《あき》 恥さらし〈北海道警 悪徳刑事の告白〉
稲葉博《ひろ》一《いち》 忍者烈伝

稲葉博一 忍者烈伝ノ続
稲葉博一 忍者烈伝ノ乱〈天之巻〉〈地之巻〉
伊岡 瞬 桜の花が散る前に
石川智健 エウレカの確率〈経済学捜査と殺人の効用〉
石川智健 60《ロクジュウ》〈誤判対策室〉
石川智健 20《ニジュウ》〈誤判対策室〉
石川智健 第三者隠蔽機関
石川智健 いたずらにモテる刑事の捜査報告書
井上真《ま》偽《ぎ》 その可能性はすでに考えた
井上真偽 聖女の毒杯〈その可能性はすでに考えた〉
井上真偽 恋と禁忌の述語論理《プレディケット》
泉 ゆたか お師匠さま、整いました！
泉 ゆたか お江戸けもの医 毛玉堂
泉 ゆたか 玉《たま》の輿《こし》猫〈お江戸けもの医 毛玉堂〉
伊兼源太郎 地検のS
伊兼源太郎 Sが泣いた日〈地検のS〉
伊兼源太郎 Sの幕引き〈地検のS〉
伊兼源太郎 巨悪
伊兼源太郎 金庫番の娘

講談社文庫　目録

逸木　裕　電気じかけのクジラは歌う
今村翔吾　イクサガミ　天
入月英一　信長と征《ゆ》く　1・2〈転生商人の天下取り〉
磯田道史　歴史とは靴である
石原慎太郎　湘　南　夫　人
井戸川射子　ここはとても速い川
稲葉なおと　ホシノカケラ
内田康夫　シーラカンス殺人事件
内田康夫　パソコン探偵の名推理
内田康夫　「横山大観」殺人事件
内田康夫　江田島殺人事件
内田康夫　琵琶湖周航殺人歌
内田康夫　夏泊殺人岬
内田康夫　「信濃の国」殺人事件
内田康夫　風　葬　の　城
内田康夫　透　明　な　遺　書
内田康夫　鞆《とも》の浦《うら》殺人事件
内田康夫　終幕《フィナーレ》のない殺人
内田康夫　御堂筋殺人事件

内田康夫　記憶の中の殺人
内田康夫　北国街道殺人事件
内田康夫　「紅藍《くれない》の女《ひと》」殺人事件
内田康夫　「紫《むらさき》の女《ひと》」殺人事件
内田康夫　藍色回廊殺人事件
内田康夫　明日香の皇子
内田康夫　華　の　下　に　て
内田康夫　黄　金　の　石　橋
内田康夫　靖国への帰還
内田康夫　不等辺三角形
内田康夫　ぼくが探偵だった夏
内田康夫　逃　げ　ろ　光　彦〈内田康夫と5人の女たち〉
内田康夫　戸隠伝説殺人事件
内田康夫　悪　魔　の　種　子
内田康夫　新装版　死者の木霊
内田康夫　新装版　漂泊の楽人
内田康夫　新装版　平城山《ならやま》を越えた女
内田康夫　秋田殺人事件
内田康夫　孤　道

和久井清水　孤　道　完結編〈金色の眠り〉
内田康夫　イーハトーブの幽霊
歌野晶午　死体を買う男
歌野晶午　安達ヶ原の鬼密室
歌野晶午　新装版　長い家の殺人
歌野晶午　新装版　白い家の殺人
歌野晶午　新装版　動く家の殺人
歌野晶午　密室殺人ゲーム王手飛車取り
歌野晶午　新装版　ROMMY　越境者の夢
歌野晶午　増補版　放浪探偵と七つの殺人
歌野晶午　新装版　正月十一日、鏡殺し
歌野晶午　密室殺人ゲーム2.0
歌野晶午　密室殺人ゲーム・マニアックス
歌野晶午　魔王城殺人事件
内館牧子　終わった人
内館牧子　別れてよかった〈新装版〉
内館牧子　すぐ死ぬんだから
内田洋子　皿の中に、イタリア
宇江佐真理　泣　き　の　銀　次

講談社文庫　目録

2023年3月15日現在